—————— 阅读之前 没有真相

午 夜 文 库

阿加莎·克里斯蒂
侦探小说

阿加莎·克里斯蒂
Agatha Christie (1890—1976)

无可争议的侦探小说女王,侦探文学史上最伟大的作家之一。

阿加莎·克里斯蒂原名为阿加莎·玛丽·克拉丽莎·米勒,一八九〇年九月十五日生于英国德文郡托基的阿什菲尔德宅邸。她几乎没有接受过正规的教育,但酷爱阅读,尤其痴迷于歇洛克·福尔摩斯的故事。

第一次世界大战期间,阿加莎·克里斯蒂成了一名志愿者。战争结束后,她创作了自己的第一部侦探小说《斯泰尔斯庄园奇案》。几经周折,作品于一九二〇年正式出版,由此开启了克里斯蒂辉煌的创作生涯。一九二六年,《罗杰疑案》由哈珀柯林斯出版公司出版。这部作品一举奠定了阿加莎·克里斯蒂在侦探文学领域不可撼动的地位。之后,她又陆续出版了《东方快车谋杀案》《ABC谋杀案》《尼罗河上的惨案》《无人生还》《阳光下的罪恶》等脍炙人口的作品。时至今日,这些作品依然是世界侦探文学宝库里最宝贵的财富。根据她的小说改编而成的舞台剧《捕鼠器》,已经成为世界上公演场次最多的剧目;而在影视改编方面,《东方快车谋杀案》为英格丽·褒曼斩获奥斯卡大奖,《尼罗河上的惨案》更是成为几代人心目中的经典。

阿加莎·克里斯蒂的创作生涯持续了五十余年,总共创作了八十余部侦探小说。她的作品畅销全世界一百多个国家和地区,累计销量已经突破二十亿册。她创造的小胡子侦探波洛和老处女侦探马普尔小姐为读者津津乐道。阿加莎·克里斯蒂是柯南·道尔之后最伟大的侦探小说作家,是侦探文学黄金时代的开创者和集大成者。一九七一年,英国女王授予克里斯蒂爵士称号,以表彰其不朽的贡献。

一九七六年一月十二日,阿加莎·克里斯蒂逝世于英国牛津郡沃灵福德家中,被安葬于牛津郡的圣玛丽教堂墓园,享年八十五岁。

阿加莎·克里斯蒂 侦探作品年表

波洛系列

1920 The Mysterious Affair at Styles《斯泰尔斯庄园奇案》
1923 Murder on the Links《高尔夫球场命案》
1924 Poirot Investigates《首相绑架案》
1926 The Murder of Roger Ackroyd《罗杰疑案》
1927 The Big Four《四魔头》
1928 The Mystery of the Blue Train《蓝色列车之谜》
1932 Peril at End House《悬崖山庄奇案》
1933 Lord Edgware Dies《人性记录》
1934 Murder on the Orient Express《东方快车谋杀案》
1935 Three—Act Tragedy《三幕悲剧》
1935 Death in the Clouds《云中命案》
1936 The ABC Murders《ABC谋杀案》
1936 Murder in Mesopotamia《古墓之谜》
1936 Cards on the Table《底牌》
1937 Dumb Witness《沉默的证人》
1937 Death on the Nile《尼罗河上的惨案》
1937 Murder in the Mews《幽巷谋杀案》
1938 Appointment with Death《死亡约会》
1938 Hercule Poirot's Christmas《波洛圣诞探案记》
1940 Sad Cypress《H庄园的午餐》
1940 One, Two, Buckle My Shoe《牙医谋杀案》
1941 Evil Under the Sun《阳光下的罪恶》
1943 Five Little Pigs《五只小猪》
1946 The Hollow《空幻之屋》
1947 The Labours of Hercules《赫尔克里·波洛的丰功伟绩》
1948 Taken at the Flood《顺水推舟》
1952 Mrs. McGinty's Dead《清洁女工之死》
1953 After the Funeral《葬礼之后》
1955 Hickory Dickory Dock《山核桃大街谋杀案》
1956 Dead Man's Folly《弄假成真》
1959 Cat Among the Pigeons《鸽群中的猫》
1960 The Adventure of the Christmas Pudding《雪地上的女尸》

阿加莎·克里斯蒂 侦探作品年表

1963　The Clocks《怪钟疑案》
1966　Third Girl《第三个女郎》
1969　Hallowe'en Party《万圣节前夜的谋杀》
1972　Elephants Can Remember《大象的证词》
1974　Poirot's Early Stories《蒙面女人》
1975　Curtain—Poirot's Last Case《帷幕》

马普尔小姐系列

1930　The Murder at the Vicarage《寓所谜案》
1932　The Thirteen Problems《死亡草》
1942　The Body in the Library《藏书室女尸之谜》
1943　The Moving Finger《魔手》
1950　A Murder Is Announced《谋杀启事》
1952　They Do It with Mirrors《借镜杀人》
1953　A Pocket Full of Rye《黑麦奇案》
1957　4.50 from Paddington《命案目睹记》
1962　The Mirror Crack'd from Side to side《破镜谋杀案》
1964　A Caribbean Mystery《加勒比海之谜》
1965　At Bertram's Hotel《伯特伦旅馆》
1971　Nemesis《复仇女神》
1976　Sleeping Murder《沉睡谋杀案》
1979　Miss Marple's Final Cases《马普尔小姐最后的案件》

其他系列及非系列

1922　The Secret Adversary《暗藏杀机》
1924　The Man in the Brown Suit《褐衣男子》
1925　The Secret of Chimneys《烟囱别墅之谜》
1929　Partners in Crime《犯罪团伙》
1929　The Seven Dials Mystery《七面钟之谜》
1930　The Mysterious Mr. Quin《神秘的奎因先生》
1931　The Sittaford Mystery《斯塔福特疑案》
1933　The Witness for the Prosecution and Other Stories《控方证人》
1934　Why Didn't They Ask Evans?《悬崖上的谋杀》

阿加莎·克里斯蒂 侦探作品年表

1934　The Listerdale Mystery《金色的机遇》
1934　Parker Pyne Investigates《惊险的浪漫》
1939　Murder Is Easy《逆我者亡》
1939　And Then There Were None《无人生还》
1941　N or M?《桑苏西来客》
1944　Towards Zero《零点》
1945　Sparkling Cyanide《闪光的氰化物》
1945　Death Comes as the End《死亡终局》
1949　Crooked House《怪屋》
1950　Three Blind Mice and Other Stories《三只瞎老鼠》
1951　They Came to Baghdad《他们来到巴格达》
1954　Destination Unknown《地狱之旅》
1958　Ordeal by Innocence《奉命谋杀》
1961　The Pale Horse《灰马酒店》
1967　Endless Night《长夜》
1968　By the Pricking of My Thumbs《煦阳岭的疑云》
1970　Passenger to Frankfurt《天涯过客》
1973　Postern of Fate《命运之门》
1991　Problem at Pollensa Bay《神秘的第三者》
1997　While the Light Lasts《灯火阑珊》

出版前言

  纵观世界侦探文学一百七十余年的历史，如果说有谁已经超脱了这一类型文学的类型化束缚，恐怕我们只能想起两个名字——一个是虚构的人物歇洛克·福尔摩斯，而另一个便是真实的作家阿加莎·克里斯蒂。

  阿加莎·克里斯蒂以她个人独特的魅力创造着侦探文学史上无数的传奇：她的创作生涯长达五十余年，一生撰写了八十余部侦探小说；她开创了侦探小说史上最著名的"黄金时代"；她让阅读从贵族走入家庭，渗透到每个人的生活中；她的作品被翻译成一百多种文字，畅销全球一百五十余个国家，作品销量与《圣经》《莎士比亚戏剧集》同列世界畅销书前三名；她的《罗杰疑案》《无人生还》《东方快车谋杀案》《尼罗河上的惨案》都是侦探小说史上的经典；她是侦探小说女王，因在侦探小说领域的独特贡献而被册封为爵士；她是侦探小说的符号和象征。她本身就是传奇。沏一杯红茶，配一张躺椅，在暖暖的阳光下读阿加莎的小说是一种生活方式，是惬意的享受，也是一种态度。

  午夜文库成立之初就试图引进阿加莎的作品，但几次都与版权擦肩而过。随着午夜文库的专业化和影响力日益增强，阿加莎·克里斯蒂的版权继承人和哈珀柯林斯出版公司主动要求将版权独家授予新星出版社，并将阿加莎系列侦探小说并入午夜文库。这是对我们长期以来执着于侦探小说出版的褒奖，是对我们的信任与鼓励，更是一种压力和责任。

新版阿加莎·克里斯蒂作品由专业的侦探小说翻译家以最权威的英文版本为底本，全新翻译，并加入双语作品年表和阿加莎·克里斯蒂家族独家授权的照片、手稿等资料，力求全景展现"侦探女王"的风采与魅力。使读者不仅欣赏到作家的巧妙构思、离奇桥段和睿智语言，而且能体味到浓郁的英伦风情。

阿加莎作品的出版是一项系统工程，规模庞大，我们将努力使之臻于完美。或存在疏漏之处，欢迎方家指正。

新星出版社
午夜文库编辑部

Agatha Christie

Over the next few years, we plan to celebrate two very important Agatha Christie anniversaries. In 2015, it is the 125th anniversary of her birth in Torquay, South Devon, England, and in 2020 it will be 100 years after her first book, THE MYSTERIOUS AFFAIR AT STYLES, featuring her famous detective, Hercule Poirot, was published. This is therefore a very appropriate moment to publish a new edition of her works, and I am delighted that HarperCollins has chosen to work with New Star on these new editions. New Star is China's top crime publisher, and has a strong and dedicated editorial staff and a continued passion for Agatha Christie, making them the ideal partner. It is the right time to make these classic books available in modern translations and so to bring Agatha Christie's books anew to her many fans in China, giving them a new reason to re-read these much-loved stories, as well as introducing them to a whole new audience. How delighted Agatha Christie would have been that her stories (as she called them) are still giving so much pleasure to so many people all over the world!

I think there are two very remarkable things about Agatha Christie's stories. The first is that they are so adaptable. It doesn't really matter which language they appear in, the stories and the plots still give the same thrill, still provide the same puzzles, and the characters still have the same attraction. Readers in China will I am sure enjoy Hercule Poirot and Miss Marple just as much as we do in England, and readers in China will still be transfixed by the surprises and horrors of AND THEN THERE WERE NONE, one of the great classics of 20th century detective fiction, as we are here.

Agatha Christie

The second is that the stories give a wonderful picture of England, particularly rural England, at the time Agatha Christie lived. She wrote books from 1920 until 1970 but it is sometimes hard to tell which part of her life each book was written in. Her characters and the life they lived were very much the same. The life we all live is changing very quickly these days but the Agatha Christie world stays the same. Perhaps the Miss Marple stories provide the best example of this, and in some ways THE BODY IN THE LIBRARY and NEMESIS are quite similar, despite the fact that thirty years elapsed between the time they were written.

Perhaps I might end by mentioning three Agatha Christies (other than the ones mentioned above) which I think demonstrate why she is so popular, even in the twenty-first century. The first is MURDER ON THE ORIENT EXPRESS, one of the most famous with one of the most ingenious and human plots. Read this on one of your long train journeys in China! Next is A MURDER IS ANNOUNCED, a Miss Marple which was her 50th book. It has my favourite murderer in it! And last is ENDLESS NIGHT a story about evil and how it affects three young people, written at the time when I knew her best, and understood how deeply she cared and sympathised with young people and the world they lived in.

Whichever are your favourites I hope you enjoy these stories that New Star are introducing to you again. I think it is a great publishing event.

Mathew Prichard
Grandson of Agatha Christie
Chairman of Agatha Christie Ltd

致中国读者
(午夜文库版阿加莎·克里斯蒂作品集序)

在未来的几年中,我们将要筹备两个非常重要的关于阿加莎·克里斯蒂的纪念日。二〇一五年是她的一百二十五岁生日——她于一八九〇年出生于英国的托基市,二〇二〇年则是她的处女作《斯泰尔斯庄园奇案》问世一百周年的日子,她笔下最著名的侦探赫尔克里·波洛就是在这本书中首次登场。因此,新星出版社为中国读者们推出全新版本的克里斯蒂作品正是恰逢其时,而且我很高兴哈珀柯林斯选择了新星来出版这一全新版本。新星出版社是中国最好的侦探小说出版机构,拥有强大而且专业的编辑团队,并且对阿加莎·克里斯蒂的作品极有热情,这使得他们成为我们最理想的合作伙伴。如今正是一个良机,可以将这些经典作品重新翻译为更现代、更权威的版本,带给她的中国书迷,让大家有理由重温这些备受喜爱的故事,同时也可以将它们介绍给新的读者。如果阿加莎·克里斯蒂知道她的小故事们(她这样称呼自己的这些作品)仍然能给世界上这么多人带来如此巨大的阅读享受,该有多么高兴啊!

我认为阿加莎·克里斯蒂的作品有两个非常重要的特征。首先它们是非常易于理解的。无论以哪种语言呈现,故事和情节都同样惊险刺激,呈现给读者的谜团都同样精彩,而书中人物的魅力也丝毫不受影响。我完全可以肯定,中国的读者能够像我们英国人一样充分享受赫尔克里·波洛和马普尔小姐带来的乐趣;中国读者也会和我们一样,读到二十世纪最伟大的侦探经典作品——比如《无人生还》——的时候,被震惊和恐惧牢牢钉在原地。

第二个特征是这些故事给我们展开了一幅英格兰的精彩画卷,特别是阿加莎·克里斯蒂那个年代的英国乡村。她的作品写于二十世纪二十年代至七十年代间,不过有时候很难说清楚每一本书是在她人生中的哪一段日子里写下的。她笔下的人物,以及他们的生活,多多少少都有些相似。如今,我们的生活瞬息万变,但"阿加莎·克里斯蒂的世界"依旧永恒。也许马普尔小姐的故事提供了最好的范例:《藏书室女尸之谜》与《复仇女神》看起来颇为相似,但实际上它们的创作年代竟然相差了三十年。

最后,我想提三本书,在我心目中(除了上面提过的几本之外)这几本最能说明克里斯蒂为什么能够一直受到大家的喜爱。首先是《东方快车谋杀案》,最著名,也是最机智巧妙、最有人性的一本。当你在中国乘火车长途旅行时,不妨拿出来读读吧!第二本是《谋杀启事》,一个马普尔小姐系列的故事,也是克里斯蒂的第五十本著作。这本书里的诡计是我个人最喜欢的。最后是《长夜》,一个关于邪恶如何影响三个年轻人生活的故事。这本书的写作时间正是我最了解她的时候。我能体会到她对年轻人以及他们生活的世界关心至深。

现在新星出版社重新将这些故事奉献给了读者。无论你最爱的是哪一本,我都希望你能感受到这份快乐。我相信这是出版界的一件盛事。

阿加莎·克里斯蒂外孙

阿加莎·克里斯蒂有限责任公司董事长

马修·普理查德

二〇一三年二月二十日

阿加莎·克里斯蒂侦探作品集 ⑥³

蜘蛛网*
Spider's Web

[英]阿加莎·克里斯蒂 著
吕兵 译

新 星 出 版 社　NEW STAR PRESS

* 本书是查尔斯·奥斯本根据阿加莎·克里斯蒂原创剧本改编的同名小说。

出场人物

罗兰德·德拉哈耶爵士	三位客人之一，克拉丽莎的监护人
克拉丽莎·黑尔什姆·布朗	外交官亨利的夫人
雨果·伯奇	三位客人之一，治安官
杰里米·沃伦德	三位客人之一，石油公司主席的私人秘书
皮帕·黑尔什姆·布朗	外交官亨利的女儿，克拉丽莎的继女
皮克小姐	黑尔什姆·布朗家的园丁
埃尔金	黑尔什姆·布朗家的管家
奥利弗·科斯特洛	皮帕的继父
亨利·黑尔什姆·布朗	外交官
警督	
琼斯警官	

第一章

在肯特郡逶迤连绵的山脉中，坐落着一栋建于十八世纪的优雅别墅——科普尔斯通府，也就是亨利和克拉丽莎·黑尔什姆·布朗的家，即便在三月阴雨绵绵的下午，景色依旧绮丽迷人。从可直通花园的落地窗望去，风雅别致的客厅里两个男人站在桌案前，桌上是一个摆着三杯波特酒的托盘和铅笔、纸张，酒杯上贴着写好一、二、三的标签。

年逾半百的罗兰德·德拉哈耶爵士长相出众、迷人而又举止文雅，正闲适地坐在椅子上，让同伴蒙住双眼。雨果·伯奇是个六十多岁、有点急脾气的老头，他从桌上拿了一杯酒递给罗兰德爵士。罗兰德爵士小口啜饮，让酒在舌尖回荡，然后说："不用说，一号酒肯定是四十二年的道斯。"

雨果把酒杯放回桌上，一边嘴里念叨着"道斯四十二"，一边写在纸上，然后递过来另一杯。罗兰德爵士抿了一小口，迟疑一下之后又喝了一口，很肯定地宣称："哦，真棒！二号酒非常不错。"然后他意犹未尽地再喝一口说："毫无疑问，科伯恩二十七。"

雨果拿走酒杯记下结论后，递给他三号酒。罗兰德爵士快速品尝之后，反应强烈，带着一脸厌恶说："呃，浓郁型红宝石波特酒，我简直不敢相信克拉丽莎家里居然有这种东西。"

罗兰德爵士的鉴定结果被记录下来之后，他摘掉蒙眼布对雨果说："现在该你了。"脱掉角质框架眼镜后，雨果让罗兰德爵士蒙上他的眼睛。"好吧，我猜她用便宜的波特酒焖兔肉或者做汤。"他说，"我难以想象亨利会允许她用这种货色来待客。"

"好了，雨果，"罗兰德爵士给雨果戴好蒙眼布之后说："要不要像捉迷藏那样转三圈啊？"然后他领着雨果走到扶手椅边，扶着他转身坐下来。

"这里吗，慢点啊！"雨果一边摸索身后的椅子一边抗议道。

"坐好了吗？"罗兰德爵士问道。

"是的。"

"现在我要打乱酒杯的位置。"罗兰德爵士边说边轻轻地转动酒杯。

"不用那么费事，"雨果很有把握地对他说，"我才不会被你误导呢，坐在你眼前的可是名优秀的波特酒鉴定师，好好瞧着吧，罗利[①]小弟弟。"

"不要太自信了。大意会失手。"罗兰德爵士还是把酒杯调整了位置。

他正要把一只酒杯递给雨果，黑尔什姆·布朗家的第三位客人——杰里米·沃伦德从花园走进来，这是位二十岁出头、相貌英俊的小伙子，套装外面裹着件雨衣，他一边看着两人，一边气喘吁吁地朝沙发走去，准备坐下来。

"两位到底在忙什么呢？"杰里米边问边脱下雨衣和夹克。"是用三只酒杯和卡片玩纸牌游戏吗？"

"发生什么事情了？"蒙着眼睛的雨果疑惑道，"听起来好像

[①] 罗利是罗兰德的昵称。

是谁把狗放进客厅里啦。"

"是小沃伦德而已,"罗兰德爵士告诉他,"不许偷看!"

"哦,我以为是哪条狗在追兔子。"雨果说。

"我套着雨衣从这里到小屋的门往返跑了三次,"杰里米试图解释他瘫倒在沙发上的原因,"据说赫尔佐斯洛伐克部长可以穿着雨衣花四分五十三秒跑完,但是我用尽全力也只能跑到六分十秒。真不敢相信他能跑这么快!估计只有克里斯·查塔韦才行吧,不管他穿不穿雨衣。"

"是谁告诉你赫尔佐斯洛伐克部长的事情的?"罗兰德爵士问。

"克拉丽莎。"

"克拉丽莎!"罗兰德爵士忍不住发出声轻笑。

"啊,克拉丽莎?"雨果咕哝道,"你绝对不要相信克拉丽莎告诉你的话。"

罗兰德爵士继续轻笑着说:"沃伦德,我猜你不是很了解女主人。她可是位充满想象力的年轻女孩。"

杰里米猛地站了起来,愤怒地问道:"你是说她在骗我?"

"那当然,毫无意外,"罗兰德爵士递给雨果一杯酒,"这绝对是她做的局!"

"当真?等我再看到她,"杰里米咬牙切齿地说,"我肯定会叫她给个说法!天哪,我累惨了。"他大步走进门厅去拿雨衣。

"喘那么大声干吗!"雨果抱怨道,"我必须集中精神。我可是和罗利打了五英镑的赌!"

"哦,你们赌什么?"杰里米重新坐回到沙发的扶手上。

"我们在一决雌雄,看看谁才是最棒的波特酒品酒师,"雨果告诉他,"摆在我们眼前的是科伯恩二十七年、道斯四十二年和本地杂货店的特价酒。安静点,现在是关键时刻。"他浅尝了一口，然后不置可否地喃喃道：

"嗯，我知道了。"

"这么快？"罗兰德爵士问道，"那你说说第一种是什么？"

"不要催我，罗利，"雨果大声说，"我可不想输，下一杯在哪里？"

罗兰德爵士递给他第二杯酒的时候，他依然拿着第一杯酒。

他尝了第二杯酒后宣布："我已经知道这是哪两杯啦。"他重新嗅了一下这两杯酒。"第一杯酒是道斯，"他把第一杯酒递回，"第二杯酒是科伯恩。"然后把第二杯酒也递回给罗兰德爵士。罗兰德爵士重复道："三号酒是道斯，一号酒是科伯恩。"并写了下来。

"那就完全没有必要品尝第三杯酒了，"雨果认为，"但是为了慎重起见我还是全部品尝一下较好。"

"如你所愿。"罗兰德爵士把最后一杯酒递给雨果。

仅仅抿了一小口雨果就紧紧蹙起眉头，毫不掩饰他的极度厌恶之意："哈，真不是人喝的东西，简直糟透了！"然后他赶紧递还酒杯，还从口袋里掏出手帕用力擦嘴，好像这样就可以除去嘴里的怪味，还嘀嘀咕咕地说："这个恶心的味道估计要占领我的嘴巴一个小时吧！好了，帮我把眼罩摘下来，罗利。"

"我来吧。"杰里米一边说一边来到雨果身后摘下蒙眼布。罗兰德爵士把杯子放回桌上之前，满腹狐疑地喝了一口说："你没猜错吧，雨果，有把握吗？二号是杂货店的特价酒？"他坚定地摇摇脑袋。"简直是胡扯，这杯毫无疑问是道斯四十二年的酒。"

雨果把蒙眼布装进口袋说道："哼！你的味觉估计退化没了吧，罗利。"

"我来试试。"杰里米跃跃欲试。他走到桌前端起每个杯子快

4

速喝了一口。迟疑了一会儿，他又重新试了一遍，然后无奈地承认："好吧，我觉得每一杯都一样，没什么差别。"

"年轻人！"雨果倚老卖老，"都怪那些混合杜松子酒已经烧残了你的舌头。看样子不仅仅是女人们没办法品鉴波特酒，现在四十岁以下的小男人们也靠不住了。"

没等杰里米反击，通往图书室的门打开了，二十多岁的黑发美女克拉丽莎·黑尔什姆·布朗走了进来。"大家好，我亲爱的朋友们，"她微笑着对罗兰德爵士和雨果致意，"你们已经确定了吗？"

"是的，克拉丽莎，"罗兰德爵士说道，"我们都在等你揭晓答案呢。"

"我一定是正确的，"雨果抢先说，"一号杯子是科伯恩，二号杯子是一般波特酒，三号杯子是道斯，对吗？"

"简直是胡说八道，"罗兰德在克拉丽莎回答之前抢白他，"一号杯子是道斯，二号杯子是科伯恩，三号杯子是一般波特酒，我才是正确的，对吧？"

"亲爱的朋友们！"克拉丽莎没有正面回答这个问题，她先礼貌性地亲吻了雨果，接着是罗兰德爵士，然后继续说，"请把盘子端回到餐厅吧，那个醒酒杯就放在餐柜上。"她神秘地笑了笑，然后从餐桌的盒子里选了一颗巧克力。

罗兰德爵士端着酒杯，准备和他们一起离开。突然他猛地停下来，仿佛猜到了什么似的说："'那个'醒酒杯？"

克拉丽莎坐在沙发上优雅地收拢双腿，带着恶作剧得逞的微笑回答："看样子您已经猜到了，只用了一个醒酒器，也就是说三杯酒都来自一个瓶子哦。"

第二章

克拉丽莎的谜底给每个人都造成了不同的冲击,产生的效果也不尽相同。杰里米突然大笑一声,直接走上前去吻了她一下。而罗兰德爵士却一时间手足失措,不知道该怎么办。只有雨果还拿不定主意该怎么对付这个把大家都给骗了的女孩子。

终于回过神来的罗兰德爵士找到了话头:"克拉丽莎,你这个无耻的骗子!"不过,多年的教养迫使他用最温柔的语气说完了这句咒骂。

"好吧,"她回答说,"这么一个潮湿而无趣的下午,既然没法出去打高尔夫球,只能麻烦大家自己去找些乐子。好像刚才大家已经找到了,不是吗?"

"这可真是天大的惊喜,"罗兰德爵士喊道,一边端着托盘走向门口,"您应该为自己感到可耻,好好看看您现在的德行和嘴脸吧。与您相比,我相信这里的每一位都觉得年轻的沃伦德先生更值得尊敬。"

雨果终于笑了出来,陪着罗兰德爵士走到门口的时候用手臂抱住他的肩膀,"是谁?"他揶揄地问,"是谁说已经猜出哪一杯是科伯恩二十七年?"

"别去管它了,雨果,"罗兰德爵士无可奈何地说,"我们还是找其他事情做吧,随便什么都行。"两个人一边说着一边离开大厅,最后雨果随手带上了门。

杰里米转头看见克拉丽莎已经坐回沙发上。"那么克拉丽莎,"他用责备的口吻说,"刚才的事情是不是和赫尔佐斯洛伐克部长那事一样啊?"

克拉丽莎的表情仿佛在看着一个天真的儿童:"他怎么了?"

杰里米用手指着她,恶狠狠地问:"他真的可以穿着雨衣在四分五十三秒内从这里跑到大门口?"

她甜甜地笑了笑说:"赫尔佐斯洛伐克部长是个和蔼可亲的老人家,他都六十好几了,我很怀疑他在这个年纪还能不能跑得动。"

"整件事都是你搞的鬼吧。他们已经告诉我了。你为什么要这样做?"

"嗯,"克拉丽莎的笑容甚至比之前更甜,"你以前一直在抱怨没有什么值得挑战的事。所以看在友谊的分上我认为给朋友最好的礼物就是提供一个挑战目标。没有比让你尝试越野跑更好的事情吧,我也相信你能够战胜这样的挑战。所以我就撒个谎让你试试呗。"

杰里米发出了带着愤怒却有几分滑稽的呻吟,"克拉丽莎,"他问她,"你说的都是真的吗?"

"当然,是我做的,已经好多次了!"克拉丽莎大方地承认道,"但可笑的是,当我说真话的时候,似乎没有人相信我。"她想了一会儿继续说:"所以我觉得当你完成挑战,再洋洋得意地阐述你的成果,说不定会把赫尔佐斯洛伐克部长的玩笑话变成事实。"一边说着,她的身影划过落地窗。

"我的脑血管估计要爆炸了,"杰里米大发牢骚,"你该好好关心一个胖子的身心健康啊。"

克拉丽莎笑了，打开窗户望向外边："天晴了，多么美好的夜晚，我喜欢雨后花园的气息。"她探头深吸一口气说："这是水仙的香气。"

当她关上窗户的时候，杰里米走近她问道："你真的喜欢住在乡下吗？"

"简直爱死了。"

"但这样下去你会无聊死吧，"他说，"这里真的和你很不配。克拉丽莎，你一定很想念剧院。我听说你年轻的时候热爱那里的一切。"

"那时我确实热爱剧院的一切，但我不会自己写剧本啊。"克拉丽莎笑着说。

"但你在伦敦肯定能找到另一种精彩人生。"

克拉丽莎又笑了起来。"什么样的人生？混迹于社交晚会和夜总会里？"她问。

"对！各种社交场合，你肯定会成为一朵耀眼的交际花。"杰里米带着微笑信誓旦旦地说。

她转过身面对他。"你不是在描述爱德华七世时代的奇闻吧，"她说，"不管怎样，我可不喜欢外交派对之类无聊的东西。"

"但是，你这样耀眼的明珠藏在这穷乡僻壤就是一种浪费。"他丝毫不肯让步，慢慢靠近她并试图握住她的手。

"浪费？我吗？"克拉丽莎问，同时轻轻把手抽了回来。

"是的，"杰里米热切地回应，"而且还有亨利。"

"关亨利什么事啊。"克拉丽莎在安乐椅里慵懒地坐了下来。

杰里米坚定地看着她。"我简直不敢想象你为什么会嫁给他。"他一边回答一边鼓了鼓勇气，"他年纪那么老不说，还拖着个正在读书的小油瓶。"他靠在扶手椅上，却一个劲儿地打量她的表情。"当然，我不否认亨利是一个好男人，可他穿衬衣的品位实在是太张扬了，简直就是只被开水烫了的猫头鹰。"说到这里他故意停顿一下，看看克拉丽莎的反应，但对方没有任何反应。于是他继续说道："亨利和这里的一切一样枯燥乏味。"

看到克拉丽莎依旧保持沉默，杰里米又说："他没有丝毫的幽默感。"声音已经变成了任性的嘀咕。

克拉丽莎看着他，笑了，但依旧什么也没说。

"我猜你认为我不应该说这些事情。"杰里米说。

克拉丽莎转身坐在长凳另一端告诉他："哦，我不介意。"

"你说什么？"杰里米走过去坐在她身旁，"你是说你已经意识到以前的选择是个错误？"他急切地问道。

"到目前为止我还没有做错任何事情，"克拉丽莎轻轻回答，但却带着点挑衅的意味说，"杰里米，你到目前为止对我有过非分之想吗？"

"绝对没有！"他回答得斩钉截铁。

"真好玩！"克拉丽莎也高声说，并用手肘戳了戳他，"继续说啊。"

"我想你知道我对你的感情，克拉丽莎。"杰里米有点结结巴巴，"但你只不过是和我玩玩调情戏码，不是吗？或者这只不过是你一时兴起的游戏吧，亲爱的，你就不能认真一次吗？"

"认真？认真了能有什么好处吗？"克拉丽莎回答，"世界上已经有太多的认真了。我喜欢大家能围着我转，也希望我周围所有人都开心。"

杰里米悲伤地笑了笑："如果你能对我认真些，我会觉得当下更美好。"

"哎呀，好了！"她开始发号施令，"你应该好好享受时光才对，你是我们周末的客人，还有我可爱的教父洛里，以及可爱的老雨果带来的饮料，他和洛里可是有趣的搭档。你可千万别说来这里丝毫没有乐趣。"

"当然我现在很开心，"杰里米承认道，"可是你说这些的目的就是阻止我对你说出真心话。"

"别傻了，亲爱的！"她回答说，"你想说什么就说吧。"

"真的吗？你的意思是？"他问她。

"当然没问题啊。"

"好吧，那我就说了。"杰里米说着，从凳子上转过身来，"我爱你！"

"好开心哦！"克拉丽莎丝毫不掩饰地说。

"这个答案和我想的不一样！"杰里米抱怨道，"你应该用同情一个傻瓜的口吻低沉地说'我很抱歉'才合乎逻辑。"

"但我真没觉得不高兴，"克拉丽莎不改初衷，"我很高兴我喜欢的人向我表白。"

本来坐在她身边的杰里米立即站起来和她拉开距离，看得出他心烦意乱。克拉丽莎凝视着他问："你肯为我做任何事情吗？"

杰里米立即转过身来，仿佛宣誓般地说："你知道我会为你付出一切！只要是这个世界上有的东西！"

"真的吗？"克拉丽莎说，"假如我杀了人，你愿意帮我……算了，还是不说了。"她起身来回踱步。

杰里米转过头来凝视着克拉丽莎的眼睛说："你说下去。"

短暂的沉默之后，她说："还记得刚才你问我是否觉得这里无聊吗？"

"记得。"

"好吧，从某种意义上来说，我是觉得这里无聊。"她坦白道,"换个更确切的说法,留在这里绝对不是我的爱好。"

杰里米一脸的疑惑:"不是你的爱好?这是什么意思?"

克拉丽莎深吸一口气说:"杰里米,你当然知道这里的生活平静如死水,在我身上没发生过什么激动人心的事情。这样吧,我们开始玩个小小的'假设'游戏吧。"

杰里米更疑惑了:"假设?什么假设?"

"是的,假设。"克拉丽莎站在房间里说,"例如我会这样对自己说:'假如明天早上图书室里出现一具尸体怎么办?'或者'假如有一天一个女人出现在这里声称她和亨利早已在君士坦丁堡结婚,而我和亨利的婚姻是犯了重婚罪,我该如何应对?'或者是'假如我的直觉告诉我,我能成为著名女演员,我该怎么办?'或者是'假如有一天我必须在背叛自己的祖国和眼睁睁看着亨利被枪毙两者中二选一呢?'"说到这里,她突然笑了,转身坐进安乐椅里对杰里米说:"假如我和杰里米私奔了,接下来会怎样?"

杰里米走过去跪在她身边。"您的话让我诚惶诚恐,"他倾诉道,"您真的设想过那种事情会发生吗?"

"我真的想过啊。"克拉丽莎的脸上蒙着一层浅笑。

"好吧,那就告诉我这样做会发生什么后果?"他握着她的手问道。

她再次把手抽回来说:"那就让我们最后一次假设吧。我们会在米安雷宾的里维埃拉,而亨利拿着手枪追赶我们。"

杰里米吃了一惊说:"我的上帝,他打算杀了我吗?"

克拉丽莎带着回忆的表情说:"那一幕我应该不会忘记。"犹豫一下之后,她用一种歌剧般的腔调对杰里米大声说:"克拉丽莎,如果你不跟我回家,我就用这把枪打爆我的脑袋。"

杰里米站起来说："真是惟妙惟肖！"可他还是不服气，"我真想象不出亨利还会不会做其他的什么事情。那么你怎么回答亨利呢？"

克拉丽莎依旧笑靥不改。"其实啊，我假设了两种结果，"她毫不隐藏地坦白道，"一种结果是我对亨利说抱歉，我不希望他死，但我深爱杰里米，真的没法帮他什么。于是亨利就跪倒在我的脚下痛哭。但我依旧坚定地告诉他：'亨利，我只是喜欢你，但我不能失去杰里米，我们永别吧。'然后我冲出房间，和你在约定的花园里相见。当我们沿着花园的小路走到大门口的时候，房间里响了一枪，但我们依旧向外狂奔。"

"老天爷！"杰里米喘着粗气说，"真要这么说，一定是这个结果，你也是这样想的吧。可怜的亨利。"他突然想起什么来，追问道："你刚才说设想了两种结果，那另一种是什么样子呢？"

"哦，另一个结果就是，看到亨利苦苦哀求的可怜样子，我不忍心离开他，最后决定放弃你，一直陪伴亨利到死为止。"

杰里米现在是一脸沮丧："你说得对，亲爱的，这是你喜爱的游戏。但是请不要忘记，当我说爱你的那一刻，我是真心真意地爱你，而且是永永远远地爱。相信你也能体会到我的真心，你真的不给我机会吗？真的愿意陪着无聊的老亨利度过你的一生？"

一个身形单薄、身材高挑的十二岁少女，身穿校服背着书包出现了。她的出现让克拉丽莎免于回答杰里米的追问。她一边喊："你好，克拉丽莎！"一边走进房间。

"喂，皮帕！"继母回答，"今天怎么回来晚了？"皮帕把帽子和书包放在便椅上说："音乐课啊。"

"你一说我就想起来了，"克拉丽莎说，"弹了一天钢琴是吧，开心吗?"

"一点都不好玩,简直是酷刑!法罗小姐为了提高我的指法,要我不停地练习。她就是不肯让我弹我最喜欢的独奏曲。有吃的吗,我都饿扁了。"

克拉丽莎看了看她的鞋子问:"在公共汽车上你没吃那个夹心圆面包吗?"

"啊,那个我吃了,"皮帕点头承认,"不过那可是半个小时前的事了!"她用让人发笑的眼神恳求克拉丽莎,"能在晚饭前让我再吃块蛋糕之类的吗?"

克拉丽莎轻轻握住她的手,领着皮帕出了大厅的门笑着说:"看看我们还能找到什么吃的吧。"临出门,皮帕开心地说:"肯定有!那块放在橱柜里头、顶上带着樱桃的蛋糕还在吧。"

"早没了!"克拉丽莎说,"昨天晚上你就把那块蛋糕吞下肚了。"

杰里米笑着摇摇头,等她们的声音消失在大厅里,在确认过她们真走了之后,他迅速来到桌边拉开几个抽屉。就在这时,他突然听到从花园里传来一个爽朗的女声"你好!"被吓了一跳。杰里米赶紧关上抽屉,透过客厅的落地窗看见一个高个子、满脸笑容、四十多岁的女人,身穿粗花呢大衣和橡胶雨鞋,正在推开落地窗。看到杰里米,她停了下来问道:"请问,黑尔什姆·布朗夫人在吗?"

杰里米赶紧离开书桌,漫不经心地走到一侧的沙发边说:"哦,您是皮克小姐吧,她陪皮帕去厨房拿些吃的,现在皮帕的胃口就是无底洞啊。"

"小孩子真不应该吃零食。"她的笑声干脆而低沉,仿佛是个男人在说话。

"您不进来坐坐吗？皮克小姐。"杰里米问道。"不行，我不能进去，一旦进去的话我的靴子就可以让客厅里种花了。"她又开心地笑了，"我就是来问问她明天午饭要用到哪些蔬菜。"

"好吧，那恐怕我就——"杰里米还没说完，皮克小姐又用低沉的声音打断了他，"没关系，待会儿我还会过来的。"

她刚准备走，又转回来看着杰里米断然问道："对了，你要小心那张桌子，您会小心爱护的吧？沃伦德先生。"

"是的，我当然会。"杰里米回答说。

"它是一件很有价值的古董，您瞧瞧，"皮克小姐解释道，"您真的不该那样把抽屉拖出来。"

杰里米显得有些措手不及，赶紧道歉："我真的很抱歉，我只是在找信纸。"

"在中间的储物格里。"皮克小姐指着桌子说。

杰里米转向桌子，打开了中间的储物格，并抽出了一张写着字的纸。

"这就对了，"皮克小姐说道，"好奇的人往往会忽视眼前的答案。"她一边咯咯地笑着一边大步走向花园，杰里米也附和着笑起来。在她走远之后，杰里米突然停止了笑声，因为他看见皮帕已经回来，嘴里正在啃一个夹心圆面包。

第三章

"唔，夹心圆面包真不错。"皮帕鼓着腮帮子一边嘟囔，一边关上门，然后把油腻腻的手指直接擦在自己的裙子上。

"嗨，那边的小姑娘，"杰里米没话找话地搭讪说，"在学校过的还好吧？"

"都闹翻天了，"皮帕一边开心地回答，一边把剩下的夹心圆面包搁在桌子上，然后打开书包说，"今天的课是国际形势，不过威尔金森老师真窝囊，她管国际形势是个高手，可就是没法管好我们的班级。"

看到皮帕从书包里拿出一本书，杰里米问："你最喜欢哪一科？"

"当然是生物，"皮帕的话里满是掩盖不了的喜悦，几乎把书都递到杰里米的鼻子尖前了，"学生物简直棒极了，昨天我们还解剖了青蛙腿。你看我从旧书摊淘到了什么，真的很罕见哦，估计至少是一百年前的物件。"

"哦，这是什么？"

"这是一本菜谱，"皮帕打开书兴致勃勃地说，"太令人震惊了，你看了肯定会被震撼！"

"那这本都写了些什么呢？"杰里米也来了兴致。可皮帕却被菜谱迷住了，只是应付着哼了一声，然后继续翻动她的书页。

杰里米有些讪讪地说："那么入迷肯定是本有趣的书吧？"可皮帕依旧沉浸在书里，回答他的还是一句含糊的话。

沉浸在自己的世界里的皮帕突然高叫一声："我的天啊！"然后继续翻动书页。

"看样子我只能享受两便士的货色了。"杰里米一边自嘲一边拿起一张报纸。

估计是遇到了难题，皮帕突然抬起头问道："蜡烛和牛油烛有什么不一样吗？"

杰里米考虑了一下回答说："我觉得牛油烛比较便宜吧。不过你确定这些东西能当晚餐吗？你的菜谱可真够劲儿的啊。"

估计被戳中了笑点，皮帕跳了起来嚷道："你才啃蜡烛呢！"

"你其实看的是猜谜游戏吧？"

皮帕笑着把书丢到便椅上，从书包里掏出一副牌问："会玩空当接龙吗？"

而这一次不知为什么，轮到杰里米开始沉迷于报纸，面对皮帕的百般纠缠，他一概"哼哼哈哈"地应付了事。

这下子反而让皮帕更来劲儿了："要是不会玩接龙就玩拉火车吧。"

"才不要呢！"杰里米坚决地回答，转头把报纸放在凳子上，开始在一个信封上写地址。

"哼，我觉得你根本就是不会玩！"皮帕气哼哼地嘀咕着，跪在房间地板中央，摊开扑克牌自己一个人开始玩空当接龙，嘴里还抱怨着："我们该把这一天过得开心点，要不然在这个乡下的雨天里什么都不做就太浪费了。"

杰里米抬起头来问道："你喜欢住在乡下吗？"

"也许吧，"皮帕热切地说，"比起伦敦我更喜欢这里！这房子简直就是个巫师的藏身之处，还有网球场啊什么的，对了还有堵夹壁墙。"

杰里米不由得笑着问道："这房子里还有堵夹壁墙？"

"当然啦！"皮帕开心地说。

"我才不信呢！"杰里米揶揄道，"不看看现在是什么年代了，还有那东西啊！"

"真的有，我叫它牧师洞。"皮帕有点闹情绪，"不信我带你去看！"

她走到右边的书架前，抽出几本书后，那里露出一个小小的拉杆。用手一拉，书架右边的墙上出现了一扇隐藏的门，后面是个很大空间的壁凹，而后面的墙壁则有另一扇隐秘的门。

皮帕解释说："我当然知道这堵夹壁墙不是给牧师藏身用的，不过这里肯定是个隐秘通道。那扇门的后面就是图书室。"

"哇，是真的啊！"杰里米一边说一边进去查看，顺便打开后面的门探头看了看图书室，然后退回客厅里："真的能通到图书室！"

"这是个秘密，除非有人告诉你，不然估计你想破头都猜不到吧？"皮帕一边拉动手柄关闭暗门一边说，"其实这个地方我常用，你不觉得这里真的很适合藏尸体吗？"

杰里米笑着说："也许这堵夹壁墙就是为了藏尸体才弄的吧。"就在皮帕坐回扑克牌前的时候，克拉丽莎走了进来。

杰里米抬头对她说："那位亚马孙女战士刚才找你哦。"

"是皮克小姐？天啊，你能再无聊一点吗？"克拉丽莎一边说一边从桌子上拿起夹心圆面包狠狠地咬了一大口。

皮帕立即蹦起来喊："喂，那是我的！"

"小气鬼！"克拉丽莎哼了一声，把咬剩下的半边夹心圆面包还给皮帕，皮帕把面包放回桌子上继续玩自己的游戏。

"皮克小姐先像呼唤船夫一般呼唤我，接下来又责怪我对这张桌子太粗鲁。"

"她可是这里的大麻烦，"克拉丽莎一边解释一边在皮帕身后的沙发上坐下，看她如何接龙过关。"对于我们来说，这里只不过是租住的房子，而租房子必须雇用她是合同条款的一部分，结果……嘿，小姑娘，黑十可以放在红J上面。"克拉丽莎提醒完之后继续说："所以我们不得不雇她打理花园。不过说实在的，不管怎么说她都是个好园丁。"

杰里米轻轻地环住她的腰说："你的心情我理解。不过今天早上我在房间里听到动静，从窗户探头看到那位亚马孙女战士在花园里挖一个能埋下尸体的大坑。"

克拉丽莎解释道："那种叫深耕吧，你该在这里试试种白菜或其他什么的就知道了。"

杰里米转身靠近皮帕开始研究空当接龙，忍不住冒冒失失地说："红三接黑四怎样？"可惜遭受了皮帕足以要人命的白眼。

这时雨果和罗兰德爵士穿过图书室走进客厅，看到杰里米搂着克拉丽莎的腰，不由得多看了几眼，杰里米赶紧不动声色地松开胳膊，拉开距离。

罗兰德爵士有些惋惜地说："天虽然晴了，可再过不到二十分钟太阳就会下山，打高尔夫估计是没什么指望了吧。"他转头看见皮帕在玩游戏，于是用脚尖指着说："看清楚，这张牌该放这里。"还好太阳的余晖穿过法式落地窗照在他的脸上，他才没被皮帕那能吃人的眼光给刺伤。罗兰德爵士百无聊赖地往花园里瞄了一眼，说："要是等下在俱乐部吃晚餐的话，现在过去也未尝不可。"

雨果说："我要去拿下外套。"边说边在经过皮帕身边时，也提示她该怎么移动扑克牌。这下子皮帕彻底生气了，干脆整个人趴到扑克牌上，用身体挡住所有人的视线。吃了瘪的雨果只好回过头来问杰里米："小伙子，和我们一起过去不？"

"好啊！"杰里米说，"我也要去拿我的夹克。"和雨果出门的时候他并没有把门关上。

克拉丽莎问罗兰德爵士："您真的不介意在俱乐部用晚餐吗？"

"完全没问题，"罗兰德爵士回答，"这样安排很合理，可以让仆人们晚上睡个好觉。"

黑尔什姆·布朗家的中年管家埃尔金从大厅走进房间，经过皮帕身边时说："您的晚餐已经放在书房里了，主要是牛奶和水果，还有您最喜欢的饼干。"

皮帕终于站起来说："好的，我真要饿死了。"

然后她小跑着直奔大厅的门，可惜被克拉丽莎叫住了——吃饭前必须收拾好地上的扑克牌。

"真烦人！"皮帕一边抱怨一边回到扑克牌前跪下来，把所有牌拢成一堆后放在沙发的角落里。

接着埃尔金走到克拉丽莎身边恭敬而小心地说："对不起夫人。"

"怎么了？"克拉丽莎问。

管家看起来有点不自然地说："晚餐用的蔬菜出了点小问题。"

"真要命！"克拉丽莎说："你的意思是和皮克小姐有关？"

"是的夫人，"管家继续报告说，"我妻子已经受够了皮克小姐，她经常跑进厨房里指手画脚，这让我的妻子很困扰，她现在都要崩溃了。以前无论在哪里，我们夫妻两个历来都和园丁们相处得很愉快。"

"这件事真让我难过！"克拉丽莎带着苦涩的微笑说，"我想……我必须要做点什么了。我会先找皮克小姐谈谈。"

"谢谢夫人的体谅。"埃尔金一边鞠躬一边退出去并关上了门。

"这群仆人可真让人头痛，"克拉丽莎对罗兰德爵士大吐苦水，"听听他们那些莫名其妙的说法，什么和园丁相处得很愉快啊，听着就让人起鸡皮疙瘩。"

"我觉得您能有埃尔金夫妇这样的仆人是件幸运的事情，"罗兰德爵士赶紧过来打圆场，"您是怎么和他们相识的？"

"哈哈，是通过本地职业介绍所认识的。"克拉丽莎答道。

罗兰德爵士皱着眉头给出了他的看法："真希望那个地方别是个挂羊头卖狗肉的介绍所吧，这些人总是弄些骗子过来。"

"弄些鞭子？"在旁边地板上整理扑克牌的皮帕抬起头好奇地看着罗兰德爵士。

"哦，我亲爱的小姑娘，是骗子。"罗兰德爵士一边回答一边对克拉丽莎说，"你还记得附近有家意大利或西班牙的挂牌机构，大概是叫 de Botello 吧？那里会介绍几卡车人让你面试，基本上都是打黑工的外国人。还记得安迪·休姆吗？他家几乎被他太太面试的仆人夫妻给扫荡一空，那两个贼差点用安迪的马车把房子都搬走了。可怜的安迪到现在都没抓到他们。"

"哦，您说得对，我都记得。"克拉丽莎一边笑盈盈地说，一边转头命令皮帕，"动作快点，皮帕！"

皮帕拿着扑克牌站起来，重新把牌放在书架上，气鼓鼓地说："真希望不用总是干这种清理的活儿！"然后又打算出去。可是克拉丽莎拿起她忘在桌上的夹心面包，叫住她："回来，拿走你的吃的。"

皮帕拿着面包拔腿想走,"还有你的书包!"又被克拉丽莎喊了回来。

皮帕赶紧跑向安乐椅一把抓起书包,又想撒腿就跑。

"帽子!"又被克拉丽莎叫住了。

皮帕把面包放在桌子上,戴好帽子,又开始向门口跑去。

"回来!"克拉丽莎把剩下的面包塞进皮帕的嘴里,把帽子摁在她头上,把她往大厅一推说:"记得关门!"

这一番折腾之后皮帕终于能出去了,听话地关好了门。罗兰德爵士忍不住开始笑,克拉丽莎一边从桌上的烟盒里抽出一根烟,一边也笑了。外面的太阳开始暗淡下来,很快房子里也阴暗起来。

罗兰德爵士忍不住开始夸奖克拉丽莎:"相信你肯定知道,皮帕可不是个普通的孩子,你居然可以把她收拾得服服帖帖的,真不容易啊。"

克拉丽莎把身体埋入沙发里说:"我猜她真心喜欢我,而我也很想当个好继母。"

罗兰德爵士拿起桌上的打火机给克拉丽莎点烟,说道:"现在的皮帕又重新成为一个正常快乐的孩子啦。"

克拉丽莎点点头:"我相信是住在乡下才改变了我们的生活。她现在的学校很棒,也交了很多朋友。所以她现在很开心,正如您所说,皮帕又成了一个正常的孩子。"

罗兰德爵士皱着眉头大声说:"想想以前多可怕,我眼睁睁地看着一个可怜的孩子变成那样。要是我的话早就想掐着米兰达的脖子问:你是怎么当母亲的!"

克拉丽莎点头说:"是的,那时候皮帕看到她妈妈就发抖。"

罗兰德爵士和她并肩坐下，喃喃地说："想起那时的光景就让人心悸。"

克拉丽莎紧紧握着双手痛苦地说："每次想起米兰达我就来气，让亨利吃尽苦头，让皮帕受尽折磨，真没想到一个女人能走到那一步。"

"吸毒就是自我毁灭，"罗兰德爵士说，"走到那一步的人都成了恶魔。"

不知不觉中沉默开始弥漫，克拉丽莎问道："她为什么要吸毒？"

罗兰德爵士说："我觉得祸根就是她的狐朋狗友奥利弗·科斯特洛，他先染上了毒品。"

克拉丽莎表示赞同："每次想起他都觉得他就是个恶棍，浑身充满邪恶。"

"听说他们两个结婚了是吗？"

"没错，就在上个月结的婚。"

罗兰德爵士摇了摇头说："大家都知道亨利能摆脱米兰达真是幸运。他是我最好的同事，也是个大好人。"

克拉丽莎笑了，轻声细语道："你是不是突然觉得很有必要让我重温以前的事情？"

罗兰德爵士答道："我知道亨利不善言辞，他就是你常说的那种不懂用言辞粉饰自己的人，可他的名声很好。而关于那个年轻人杰里米，你又知道多少呢？"

克拉丽莎又展颜一笑说："杰里米？一个有趣的人。"

"胡扯！"罗兰德爵士忍不住哼了一声，"其实这几天大家都注意到了。"他转过脸严肃地看着克拉丽莎问道："你该不会……你应该不会做出什么傻事吧。"

克拉丽莎笑出声道:"千万别爱上杰里米·沃伦德!你就是要提醒我这件事吧?"

罗兰德爵士依旧严肃地看着她说:"没错,这就是我的本意。很明显,杰里米对你也有好感,他的手都快粘在你身上了。但你要想想你和亨利美满的婚姻生活,千万别做傻事毁了它。"

克拉丽莎深深地笑着,有点俏皮地问:"您觉得我会做出什么傻事呢?"

罗兰德爵士提议道:"别再继续讨论这个愚蠢的话题了。亲爱的克拉丽莎,我相信你心里非常明白我的意思。我是看着你长大的,你就是我的一切。如果你在人生中遇到任何拿不定主意的事情,一定会来听听我这个老监护人的意见吧?"

"当然会的,我亲爱的罗利。"克拉丽莎一边回答一边吻了他的脸颊。"杰里米的事情你真的不用担心,真的不用。我知道他很有魅力,但仅仅是魅力而已。你是最了解我的人,我就是想让生活更有趣一些罢了,图个乐子,没那么严重。"罗兰德爵士还想说些什么,皮克小姐突然出现在落地窗外面。

第四章

皮克小姐举着一颗西兰花,没穿靴子只穿着袜子便走进客厅。

"黑尔什姆·布朗太太,请原谅我这副样子走进来。"她一边大声嚷嚷着一边大步流星地冲沙发走过去,"靴子在门口,我不会弄脏地板的,我只是想请您看看这颗西兰花。"她的手臂粗鲁地越过沙发,几乎把西兰花戳到克拉丽莎的鼻尖上。

克拉丽莎有点不知所措,懵懂地回答道:"没什么问题,挺好啊。"

皮克小姐又把西兰花拿给罗兰德爵士,带着骄傲说:"请您也看看吧。"

罗兰德爵士马上说:"看上去挺好啊。"但顾及对方的颜面,还是把西兰花拿过来摆出认真研究的架势。

皮克小姐带着火气喝道:"这自然没啥不好的,昨天我给厨房送去的都是这样的西兰花。但厨房那个娘们儿……"她停顿了一下,有点抱歉地说:"黑尔什姆·布朗太太,您知道我可从来不愿意在背地里打小报告,可那个娘们儿做的事情都瞒不了我。"发现跑题后,她赶紧找回刚才的话头:"埃尔金这个婆娘居然有脸说这菜很差劲!还说打死都不会用这西兰花做菜,还敢和我叫板'你连种菜种花都不行,不如赶紧滚蛋!'气死我了,看我不揍死这个骚货。"

克拉丽莎想说点什么，可皮克小姐根本不给她开口的机会，继续唠叨说："您知道我从来就是个安分守己的人。"她强调："但是我也绝对不会再踏进厨房一步，任人欺负。"短暂的喘息后，她又开始滔滔不绝。"以后，"她宣布，"我只会把蔬菜扔到后门外面，埃尔金也可以在那里放清单……"

罗兰德爵士想把西兰花还给皮克小姐，但是后者眼皮都没有抬一下，继续说道："她可以把所需蔬菜的清单放在那里。"说着还强调似的点点头。

罗兰德爵士和克拉丽莎面面相觑，不知道要怎么回应她。园丁又要开口说些什么的时候，电话铃响了。"我来接吧。"她吼道，走到电话机前，拿起话筒。"您好，是的。"她冲着电话大声嚷嚷，还顺手用围裙的一角擦拭着桌子，"这里是科普尔斯通府，您找布朗夫人？是的，她在这里。"

皮克小姐把话筒伸过去，克拉丽莎掐灭了香烟，然后走过去提起话筒。

"您好，"克拉丽莎说，"我是黑尔什姆·布朗太太，您好，您好。"她看了下皮克小姐。"好诡异啊，"她惊叹道，"好像电话已经挂断了。"

没等克拉丽莎放好话筒，皮克小姐突然冲到桌子前，试图把桌子放回到墙边。"实在对不住，"她大声嚷嚷道，"但是赛隆先生喜欢把桌子靠墙放。"

克拉丽莎偷偷冲着罗兰德爵士做了个鬼脸，但还是快步走过去帮忙摆放桌子。"谢谢。"园丁说，"还有，"她补充道，"您会小心翼翼地对待那些家具上的玻璃面具的，对吗，布朗·黑尔什姆太太？"克拉丽莎略带不悦地盯着桌子，园丁立马发现了错误，于是纠正了自己。"对不起，我本来想说的是黑尔什姆·布朗太太。"她爽朗地大笑着。"布朗·黑尔什姆,黑尔什姆·布朗,"她继续说,"都差不多,对吧?"

"不,话可不能那么说,皮克小姐,"罗兰德爵士一本正经地澄清道,"毕竟,豹皮花和花皮豹压根儿就不是一种东西。"

皮克小姐爆发出一阵欢快的笑声,雨果走了进来。"你好!新来的。"她冲着雨果点头致意。"他们在讽刺我呢。"经过雨果身边时,她捶了下雨果,然后转身面向其他人。"大家晚安,"她呼喊道,"我必须回去了,把我的西兰花还给我。"

罗兰德爵士照做了。"豹皮花和花皮豹,"她大声说,"太妙了,我必须记住。"伴随着另一阵震耳欲聋的笑声,她顺着落地窗走了出去。

雨果看着她离开,然后把头转向克拉丽莎和罗兰德。"亨利到底是怎么忍受这个女人的?"他惊愕地问。

"事实上亨利也难以接受她。"克拉丽莎回复道。她把皮帕的书从安乐椅上捡起来放到桌子上,然后躺进去。雨果回答说:"我也这么认为,她那么冒失无礼,跟个没脑子的女学生一样。"

"恐怕有点大脑发育停滞。"罗兰德爵士补充道,轻轻摇了摇头。

克拉丽莎微笑着说:"我也觉得她有点疯狂,不过她是个很好的园丁,就像我告诉大家的那样,租这栋别墅就必须雇她,而且租金又非常便宜。"

"便宜吗?"雨果打断她的话,"你可别吓我啊。"

"便宜得让人不敢相信,"克拉丽莎告诉他,"几个月前我们在报纸上看到它,就迫不及待地租了六个月,而且还带家具。"

"这栋别墅是谁的?"罗兰德问。

"过去属于赛隆先生,"克拉丽莎回答说,"但是他去世了,他生前是梅德斯通的古董经销商。""哦，是的！"雨果惊呼，"没错，赛隆和布朗。我之前在他们梅德斯通的店里买了一面非常好的齐本德尔式镜子。赛隆住在乡下，每天都去梅德斯通，但是我想他有时候也会约客户在他乡下的别墅看古董。"

"要知道，"克拉丽莎告诉两人，"这房子也有那么一两处不尽如人意的地方。就在昨天，还有一个开着赛车、穿着艳丽格子衣服的男人想要买这张桌子呢。"她指着桌子。"我告诉他这件家具不是我们的，我们不能卖，但是他压根儿就不相信我，还不断地加价，最后出价到了五百英镑。"

"五百英镑！"罗兰德爵士简直不敢相信自己的耳朵，吓了一大跳。他走近那张桌子。"天啊！"他继续说，"即便在古董博览会上它也卖不了这个价，看起来还不错，但显然不是什么值钱货。"

雨果也过来一起看这张桌子，这时候皮帕回来了。"我好饿。"她抱怨道。

"你不是刚吃饱吗？"克拉丽莎坚定地说。

"但我确实饿了，"皮帕可怜巴巴地说，"牛奶、巧克力、饼干和一根香蕉怎么能填饱我的肚子啊。"她走到安乐椅前猛地坐下。

罗兰德爵士和雨果还在凝视那张桌子。"确实是张不错的桌子，"罗兰德左看右看，"确实是真货，我想，但是怎么也称不上是一件艺术品啊，你觉得呢，雨果？"

"是的，但是万一桌子里面有一个藏着钻石项链的暗格呢？"雨果戏谑地问。

"桌子的确有暗格。"皮帕插嘴说。"什么？"克拉丽莎惊叫起来。

"我在集市上找到一本书，描写旧家具中各种机关和暗格，"

皮帕解释说，"所以我就试着找了别墅里面所有的桌子和家具。只有这个桌子里面有暗格。"皮帕从椅子上弹起来。"看，"她叫大家围过来，"我找出来给你们看。"

她走到桌前，打开其中一个储物格。克拉丽莎靠在沙发上看着这一切，皮帕的手伸进储物格。"看，"她边说边做，"你把这里推开，在这下面可以摸到一个按钮。"

"哈！"雨果咕哝着说，"我可不认为这有什么秘密可言。"

"这可不是全部，"皮帕继续说，"你按下这个按钮，然后一个小暗格就弹出来了。"就像她说的这样，果然一个小暗格弹了出来。

"看到了吗？"

雨果拿起暗格，从里面拿出来一张小纸片。"好吧，"他说，"这是什么？我想知道？"他大声朗读道："你真是个傻瓜。"

"什么！"罗兰德爵士惊呼，皮帕忍不住狂笑起来。其他人也都笑起来。罗兰德爵士戏谑地摇晃着皮帕，皮帕也装模作样地推他，还吹嘘说："我放进去的！""你个小鬼头！"罗兰德爵士摸了摸她的头发，"搞这些恶作剧，你越来越像克拉丽莎了。"事实上，"皮帕告诉他们，"这里原来放着一个维多利亚女王亲笔签名的信封，给你们看看。"她跑到书架前去找信封，克拉丽莎把暗格重新复原，关上了储物格。

皮帕打开一个矮柜上的小盒子，拿出一个装有三张纸片的旧信封向大家炫耀起来。

"你在收集签名吗，皮帕？"罗兰德爵士问。

"算不上收集，"皮帕回答说，"只不过随便玩玩而已。"她把一张纸片递给雨果，雨果瞥了一眼又递给了罗兰德爵士。

"学校的一个女孩在收集，她哥哥有一件特别棒的藏品。"皮帕告诉他们。"去年秋天他认为他收集到了某篇文章里提到过的一件价值数百英镑的瑞典的什么藏品。"她边说边把剩下的签名和信封递给了雨果，雨果又拿给罗兰德爵士。

"我朋友的哥哥很兴奋，"皮帕继续说，"然后他把邮票拿给交易商看，但是那人告诉他，这张邮票不是他想象的那张，不过也不失为是一张不错的邮票，无论如何，交易商用五英镑买下了它。"

罗兰德爵士把两个签名通过雨果还给了皮帕。"五英镑也不错了，对吗？"皮帕问他，雨果咕哝着表示同意。

皮帕低下头来看签名。"你们觉得维多利亚女王的亲笔签名值多少钱？"她大声地问。

"大约五到十先令，我觉得。"罗兰德爵士告诉她，又低下头看看信封。

"还有约翰·拉斯金①的，罗伯特·勃朗宁②的。"皮帕告诉他们。

"我估计这些也不值多少钱。"罗兰德爵士把手里的信封和签名通过雨果还给了皮帕，他轻声安慰道："对不起，亲爱的，我觉得你该再加把劲儿。"

"我真希望能有内维尔·杜克③和罗杰·班尼斯特④的签名。"皮帕喃喃地说。"这些历史文物可能都发霉了吧。"她把信封和签名放到盒子里面，又把盒子放在书架上，冲着门厅跑过去。

"我能去储藏室看看有没有多余的巧克力饼干吗，克拉丽莎？"她眼巴巴地问。

---

① John Ruskin（1819–1900），英国作家、艺术家、艺术评论家和哲学家。
② Robert Browning（1812—1889），英国诗人、剧作家。
③ Neville Duke（1922—2007），英国试飞员。
④ Roger Bannister（1929— ），英国中长跑运动员。

"好啊，你想吃多少都可以。"克拉丽莎笑眯眯地冲她说。

"我们必须得走了，"雨果说，跟着皮帕走出门外，然后冲着楼梯上喊："杰里米！嗨，杰里米！"

"来了。"杰里米拿着高尔夫球杆匆匆冲下楼。

"亨利应该快回来了。"克拉丽莎喃喃自语，好像是在提醒自己，又好像是对大家说。

雨果穿过落地窗，冲着杰里米说："你最好也走这里，会近很多。"他又转身对克拉丽莎说："晚安，亲爱的克拉丽莎，感谢你的热情招待，我可能直接从俱乐部回家了，不过我承诺把你的周末客人完好无损地送回来。"

"晚安，克拉丽莎。"杰里米也说，然后跟着雨果走进花园。

克拉丽莎挥手跟他们道别，罗兰德爵士走过来，轻轻环住她的肩膀。"晚安，亲爱的，"他说，"沃伦德和我估计要午夜才回来。"克拉丽莎跟着他一起穿过落地窗，"多美好的夜晚，"她四处环顾，"我送你到门口的高尔夫球场那里。"

他们慢慢走过花园，没有去追赶雨果和杰里米。"你觉得亨利大概什么时间到家？"罗兰德爵士问。

"我也不是很确定，他回家从来没个准点儿。不过我猜应该很快了吧。无论如何，我们会共同度过一个宁静的夜晚，还可以共同享用冷餐，估计您和杰里米回来的时候我们都已经休息了。"

"好吧，那就千万不要等我们。"罗兰德爵士告诉她。

他们在沉默中前行，直到抵达花园大门。然后克拉丽莎温柔地说道："好了，晚点见亲爱的，或者明天早餐时间见。"

罗兰德爵士轻吻了下她的脸颊，轻快地去追赶同伴，克拉丽莎开始转头返回屋里。在这个宁静宜人的夜晚，她徜徉在花园里，时不时地停下来享受花园的美景和迷人的芳香，思绪开始慢慢流淌。当皮克小姐拿着西兰花的情景印入她脑海时,笑声也随之从心底喷涌出来。当回想到杰里米笨手笨脚地表达爱意时,一抹浅笑在她的嘴角绽放,不知不觉中,她开始猜测杰里米是逢场作戏还是动了真情。然而当她快回到屋里时,这些绮念风化殆尽,整个人完全沉浸在即将跟丈夫共度美好夜晚的心境里了。

第五章

克拉丽莎和罗兰德爵士离开没几分钟，管家埃尔金正把一盘饮料摆上房间的桌子，此时门铃响了，打开门一看，是一位有点装腔作势的黑发帅小伙儿。

埃尔金问候道："晚上好，先生。"

"晚上好，我过来看看布朗夫人。"这个人丝毫不在意自己的唐突。

"好吧先生，进来吧，"埃尔金压抑着不快，还是替他关上了门，问道："您叫什么名字？"

"科斯特洛先生。"

"这边走，先生。"埃尔金带着他一路走过大厅，侧身让这位陌生人进入客厅："你要在这里等一下，夫人虽然在家但我不确定能不能马上找到她。"他转身走了几步又突然想起什么似的问道："科斯特洛先生，您的全称是……"

"啊，对了，我叫奥利弗·科斯特洛。"陌生人回答。

"知道了。"埃尔金一边嘀咕着一边关上了身后的门。

确认没人之后，奥利弗·科斯特洛开始环顾房间，他先走到图书室的那扇门前凝神听了听，接着走到办公桌前弯下腰仔细查看那些抽屉，一听到什么动静他立刻走到房间中央，这时克拉丽莎推开落地窗走了进来。

科斯特洛转过身看清楚来人是克拉丽莎时,脸上的惊讶之情溢于言表。

抢先开口的是克拉丽莎,声音听起来十分吃惊:"怎么是你?"

"克拉丽莎,你在这里干什么?"科斯特洛说。他看起来同样很吃惊。

"你在说什么蠢话?"克拉丽莎回答,"这里是我家。"

"这、这是你家?"他的声音都变了。

"少装模作样!别说你不知道!"克拉丽莎立即顶了回去。

科斯特洛盯着她犹豫了好一会儿,很快就换了一副面孔,一边仔细观察着屋里的陈设一边说:"这房子真迷人,记得以前是那个谁……我想不起来了,反正是个古董商的,对吧?我还记得他带我来这里看路易十五时代风格的椅子。"他一边说着一边从口袋里掏出一盒烟,故作大方地问道:"不来一根?"

"不用破费了。"克拉丽莎加快了语速说,"你最好赶紧走,我先生马上就回来,他可不愿意看见你出现在这里。"

科斯特洛的声音里却带着一种恶意的愉悦:"可是我很想见到你先生,我今天就是为了这个来的,和他好好讨个说法。"

"你还要什么说法?"克拉丽莎声音里满是怀疑。

"关于皮帕的说法,"科斯特洛洋洋得意地说,"米兰达允许皮帕在暑假期间和亨利住上一段时间,可能的话也同意和亨利在圣诞节期间住上一周。但不管怎么说……"

克拉丽莎厉声喝止了他:"你少胡扯,皮帕的家就是这里。"

科斯特洛溜溜达达地走到放着饮料的桌子前,得意地笑着说:"亲爱的克拉丽莎,别忘了法院把皮帕的监护权判给了米兰达。"他拿起一瓶威士忌问道:"我可以喝吗?"然后不等回答就直接给自己倒了一杯说:"当时亨利可没上诉啊,你难道忘了?"

克拉丽莎毫无惧色地盯着他的脸,简短而清晰地说:"亨利允许米兰达离开这个家,当初他们有约定,皮帕随父亲居住,这是亨利不向法庭提起离婚诉讼的条件。"

科斯特洛带着嘲笑问道:"你很了解米兰达,不是吗?她最喜欢的就是改变主意。"

克拉丽莎转身拉开和他的距离,轻蔑地说:"我一刻也不相信米兰达会想念女儿,甚至会关心她那些生活琐事。"

"可你根本就不是皮帕的母亲,我亲爱的克拉丽莎。"科斯特洛故作轻松地回答,脸上带着让人恶心的微笑,"不介意的话我要提醒你一件事,我现在和米兰达结婚了,在法律上我们才是夫妻。"

他一口喝干了酒,放下杯子说:"我可以告诉你,作为一个母亲,米兰达感到了良心上的谴责,所以觉得必须让皮帕和我们一起度过更多的时光。"

"你骗鬼去吧。"克拉丽莎讥讽道。

"说话客气点好吗。"科斯特洛舒舒服服地躺在扶手椅上说,"你知道你没资格讨论这个问题。你也应该清楚你说过的事情都是空口无凭。"

"你休想动皮帕一根汗毛。"克拉丽莎态度坚决地说,"孩子刚来这里的时候简直就剩下皮包骨头了,现在她刚刚恢复,在学校里很开心,这里才是属于她的世界。"

"你别以为你说了算,我亲爱的克拉丽莎。"科斯特洛冷笑着,"法律可是站在我这边的。"

"你到底想怎样?"克拉丽莎单刀直入地问道,"你根本不在乎皮帕,你想要什么?"她轻轻拍了拍自己的额头:"我早该想到，你今天来的目的就是勒索吧。"

科斯特洛刚想说什么的时候，管家埃尔金出现了："夫人我一直在找你，我和我太太现在可以离开了吗？"

"好的，你们可以走了，这里一切安好。"克拉丽莎答道。

"我们的出租车已经到了，晚饭都已经备好。"管家一边汇报一边打算转身离开时又走了回来，带着敌意盯着科斯特洛问道："夫人，您需要我在这里看着吗？"

"不，不用，我会注意的。"克拉丽莎说："你和你太太马上就可以出发。"

"谢谢夫人，祝您晚安。"埃尔金一边说一边走向客厅的门。

克拉丽莎回答："祝你过个愉快的晚上。"

等埃尔金离开之后科斯特洛才开口说道："怎么可以用勒索这种不上档次的说法呢，克拉丽莎。"他开始指责她用词不当："在批判别人以前要对自己的言行多加注意，你说说，到现在为止我提到过'钱'字吗？"

克拉丽莎讥讽道："你嘴里是没有'钱'字，可你的脑子里都是钱，不对吗？"

科斯特洛做出一副无辜的表情耸了耸肩膀，摊开双手说："你说得没错，我们不是土豪。相信你也知道米兰达花钱如流水，我只是认为亨利应该支付点赡养费，不是吗？他这么有钱。"

克拉丽莎走上前，盯着科斯特洛的眼睛一字一句地说："你给我听好了，我懒得管亨利怎么说，我只告诉你我会做什么。你要真敢把皮帕带走，我就会敲掉你的牙齿，拔掉你的指甲。"接着她又意犹未尽地加上一句："我可什么事都做得出来。"

看着杀气腾腾的克拉丽莎，科斯特洛笑了。克拉丽莎接着说："想要弄到米兰达是个瘾君子的医疗证据可不是难事。我还可以去和苏格兰场的缉毒警察们谈谈，叫他们好好关照关照你也很容易。"

听到这里，科斯特洛赶紧开口警告她说："耿直的亨利可未必赞同这种做法吧。"

"你就是想让亨利来给你收拾残局，"克拉丽莎怒火中烧，"事关皮帕就没有那么简单了。我绝对不会允许皮帕被人欺负，或天天生活在恐惧里。"

这时皮帕走了进来，一看到科斯特洛顿时僵住了，满脸都是恐惧。

"嗨，你好皮帕，"科斯特洛故作亲热状，"都长这么大了啊。"

皮帕后退几步朝克拉丽莎走去。科斯特洛继续对皮帕说："刚才我们在讨论你的去处，你妈妈很想你，要你回去。我和你妈妈刚结婚，还有……"

"我不走！"皮帕发疯似的跑到克拉丽莎身边寻求保护，"克拉丽莎，我不走，他们不会带我走吧？他们绝不能……"

"别担心皮帕，"克拉丽莎温柔地揽住她，"这里就是你的家，你爸爸、我和你永远不会离开这里。"

"我向你保证——"科斯特洛恬不知耻地还想说些什么，克拉丽莎愤怒地打断了他："立即离开这里！"她命令道。

科斯特洛故意配合着摆出一副害怕的表情，高举双手往后退了几步。

"立刻给我出去！"克拉丽莎重复刚才的命令，并往前跨出一大步："我不想看见你出现在这栋房子里，听见没有？"

这时皮克小姐出现在落地窗前，手里举着个老长的叉子说："黑尔什姆·布朗夫人，我——"

"皮克小姐你来得正好，"克拉丽莎打断了她，"麻烦你带科斯特洛先生从花园的后门出去好吗？"

科斯特洛盯着皮克小姐，皮克小姐则毫不畏惧地举起叉子与他对视。

"皮克……小姐？"他问道。

"很高兴见到你，"她毫无喜气地答道，"我是这里的园丁。"

"真是很高兴见到你，"科斯特洛说，"还记得我以前来过这儿吗？是来看古董家具的。"

"我想起来了，"皮克小姐说，"那时住在这里的是赛隆先生。但你见不到他了，你知道，他去世了。"

"我才不是来找他的，"科斯特洛说，"我来这里就是为了看望——布朗夫人。"他把布朗夫人几个字重重地念出来。

"哦，是这样？好吧，你已经看望完了吧。"皮克小姐丝毫不掩饰她对来人的厌恶之情。

科斯特洛只好转头对克拉丽莎说："再见吧，克拉丽莎，不过相信很快你就会听到我的消息，你心里有数。"

"从这边走，"皮克小姐指着落地窗说，仿佛是在押送犯人一般跟在他身后，边走边问道，"你是要去赶公共汽车，还是你自己开车过来的？"

"我的车停在马厩后面。"科斯特洛告诉她，两个人穿过花园。

第六章

奥利弗·科斯特洛和皮克小姐刚刚消失在花园里，皮帕的眼泪便扑簌簌掉落。"他会带我离开这里的。"她紧贴在克拉丽莎的身上心酸地啜泣。

"不，他不会的。"克拉丽莎向她保证，但是皮帕对着她大叫："我恨他，一直都恨。"

由于担心皮帕处于崩溃的边缘，克拉丽莎尖利地呼唤她："皮帕！"

皮帕慢慢地松开手。"我不想回到妈妈那里，我宁愿死。"她尖叫着，"我情愿去死。我会杀了他。"

"皮帕！"克拉丽莎告诫她。

皮帕仿佛完全失去了自制力。"我会自杀，"她的泪水夺眶而出，"我会割腕，流血而死。"

克拉丽莎紧紧抓住她的肩膀。"皮帕，你要坚强些。"她命令道。"别怕，别忘记我在这里。"

"但我绝对不会回去跟妈妈一起住，我恨奥利弗。"皮帕绝望地宣布，"他邪恶、卑鄙、下流。"

"是的，亲爱的，我知道，我都知道。"克拉丽莎轻柔地安抚她。

"不，你不知道。"皮帕仿佛更绝望了，"我来这里之前没有告诉你。我压根儿就不想提这事。事实上，不仅仅是米兰达那么讨厌，还整日醉醺醺的。有天晚上，不知道她去了哪里，家里只剩奥利弗和我，我估计他也喝了很多酒……我不知道……但是……"她停了下来，踌躇了一阵子不知道该怎么继续她的话题。好一会儿，她才有勇气继续，她低下头，含糊不清地嘟囔道："他试图对我做些什么。"

克拉丽莎看起来惊骇万分："皮帕，你是什么意思？"她问："你到底想说什么？"

皮帕绝望地看着她，仿佛想找个人帮她说接下来的这些话。"他……他试图吻我，我把他推开，他抓住我，开始撕扯我的衣服。然后他……"她猛地停下来，泣不成声。

"噢，我可怜的宝贝。"克拉丽莎喃喃地说，把皮帕搂在怀里，"别再想了。都过去了，这种事情再也不会发生在你身上，我一定要奥利弗受到惩罚。那个禽兽。他一定不会逃脱惩罚。"

皮帕的情绪突然发生了变化。显然她想到了一个新主意，她的声音充满希望："也许他会遭雷劈吧？"她大声地问。

"非常有可能，"克拉丽莎赞同道，"非常有可能。"她一脸坚毅。

"现在打起精神来，皮帕。"她督促道，"一切都会好起来的。"她从口袋里拿出一条手帕。"来，擦擦鼻子。"

皮帕遵照吩咐，然后用手帕擦掉沾在克拉丽莎衣服上的泪水。

克拉丽莎勉强挤出一个笑容。"现在，上楼洗澡去。"她命令皮帕，然后把她转向厅门。"必须要彻底地洗哦，你的脖子简直脏得出奇。"

皮帕仿佛恢复了正常。"一定会的。"走到门口时她回答克拉丽莎。正要离开，她突然转头跑回来。"你不会让他带我走的，对吧?"她恳求道。

"除非踏着我的尸体,"克拉丽莎坚定地回答,然后又纠正自己,"不……除非踏着他的尸体。这样,你满意吗?"

皮帕点点头,克拉丽莎亲吻了她的额头。"现在,去吧。"她命令道。

皮帕又拥抱了一下她的继母,离开了。克拉丽莎沉思着站了一会儿,突然发现房间光线越来越昏暗,于是打开了嵌入式壁灯。她关上落地窗,坐在沙发上,看着屋内陷入沉思。

仅仅是一两分钟的光景,前门砰的一声关上了,她满怀期待地望向厅门,过了一会儿,她丈夫亨利·黑尔什姆·布朗走了进来。他是一个四十岁左右的英俊男人,面无表情,戴着一副角质框架眼镜,提着一个公文包。

"你好,亲爱的。"亨利向妻子打招呼,他打开墙上的支架灯,把公文包放在扶手椅上。

"你好,亨利。"克拉丽莎回答他,"糟糕透顶的一天,对吧?"

"有吗?"他倚在沙发的靠背上吻了她。

"简直不知道要从哪里说起。"克拉丽莎告诉他,"先喝一杯吧。"

"现在别说,"亨利走到落地窗前拉上窗帘问道,"有其他人在吗?"

克拉丽莎有点讶异地答道:"没有人在这里。不过今晚是埃尔金休息的黑色星期四,所以晚餐只有冷火腿和巧克力慕斯,还有我亲手泡的咖啡,味道棒极了。"

"嗯?"亨利这样回应。

克拉丽莎很惊讶,于是问道:"亨利,是不是发生了什么事情？"

"是的，从某种意义上来说是发生了点事情。"他答道。

"怎么了？"克拉丽莎问，"是关于米兰达吗？"

"不，不，没有什么坏事，真的。"亨利向她保证，"应该说恰恰相反，是的，恰恰相反。"

"亲爱的，"克拉丽莎凝视着他，微微带一丝开玩笑的口气说，"我真不知道是不是该为古板的外交部高兴一下呢？"

亨利愉快而兴奋。"好吧，"他承认，"我其实非常开心。"他停顿了一下，又补充说："碰巧的是，伦敦刚好有点薄雾。"

"雾有什么可兴奋的？"克拉丽莎问。

"哦，那可不是单纯的雾啊。"

"不是雾是什么呢？"克拉丽莎催促他。

亨利噢地扭过头，好像在确保没有人偷听，然后他走到沙发前坐到克拉丽莎旁边。"你可千万要保密啊。"他那极其郑重的口气让克拉丽莎不由得打了个哆嗦。

"嗯？"克拉丽莎满怀希望地追问。

"确实非常机密，"亨利重申，"这个消息应该还没泄露，但是，事实上你必须知道。"

"好吧，来，快点告诉我。"克拉丽莎又一次催促道。

亨利再次环顾四周，然后转向克拉丽莎。"这事非常机密。"他坚持道。为了加重语气他稍停了一下，然后宣布："苏联总理卡伦多夫明天将要飞往伦敦与首相会晤。"

克拉丽莎不以为意。"是的，我知道。"她回答。

亨利大吃一惊。"什么意思，你知道？"他质问道。

"上个星期天我就在报纸上看到了。"克拉丽莎随口告诉他。

"我不敢相信你居然读这些低级报纸。"亨利抗议道。他听起来真的很生气。"无论如何，"他继续说，"报纸不可能知道卡伦多夫正在过来的路上，这是最高机密。"

"可怜的孩子。"克拉丽莎喃喃道。接着她用同情而质疑的口气跟他说："最高机密？真的！这些东西也就你们这些社会地位高的人才相信。"

亨利站起来，看上去显然非常担心，他慢慢在房间里踱步。"哦，亲爱的，肯定是有人泄密了。"他咕哝道。

"那还用说啊！"克拉丽莎毫不客气地看着他。

"我本该认为你已经知道泄露一事。事实上我认为你早就应该有所察觉。"

亨利看起来有点羞愤。"这个消息今晚才会被官方公布。"亨利告诉她，"卡伦多夫八点四十分到达希斯罗机场，但事实上……"他倚靠在沙发上，疑虑重重地看着他的妻子。"现在，克拉丽莎，"他郑重地看着她，"我应该相信你可以保守秘密吗？"

"我可比那些星期天的报纸靠谱多了。"克拉丽莎抗议道，把腿挪下沙发站了起来。

亨利坐在沙发的扶手上，用一副神秘兮兮的样子斜倚着克拉丽莎。"会议明天在白厅举行，"他告诉她，"但是如果约翰先生本人能够事先跟卡伦多夫对话，局势对我们会非常有利。现在，记者们肯定都守候在希斯罗机场，一旦飞机着陆，卡伦多夫的行动就无法做到彻底保密了。"他再次环顾四周，仿佛期待看到记者冲他身后张望，然后越来越兴奋地说："幸运的是，我们一大早就掌握了起雾的情况。"

"快说下去啊，"克拉丽莎鼓励他，"我都等不及了。"

"最后，"亨利告诉她，"飞机会发现无法在希斯罗机场降落，将会备降在其他机场。一般情况下惯例是——"

"宾德利希思机场,"克拉丽莎打断了他,"离这里只有十五公里的路程,我懂了。"

"你的反应总是很快,亲爱的。"亨利有点不以为意地评价道,"不过是的,我现在就要开车去机场把卡伦多夫接到家里。首相现在正从唐宁街赶过来。半个小时足够他们进行对话,然后卡伦多夫会跟随约翰先生一起去伦敦。"

亨利停下话头,站起来,走了几步,然后友善地转身对克拉丽莎说:"你知道的,克拉丽莎,整件事情可能会对我的职业生涯产生极大的影响。我的意思是,两位重要人物能在这里会面,这是对我的极大信任。"

"他们应该信任你,"克拉丽莎坚定地回答,走过去拥抱她的丈夫。"亨利,亲爱的,"她大声说,"一切都会好的。"

"对了,"亨利郑重地告诉她,"以后你只能称呼卡伦多夫为琼斯先生。"

"琼斯先生?"克拉丽莎试图尽量掩饰声音里的怀疑,虽然并不十分成功。

"是的,"亨利解释道,"还是尽量不要使用真名的好,小心为上。"

"是的……但是……琼斯先生?"克拉丽莎问道。"就不能想个比这个好点的名字吗?"她怀疑似的摇摇头,继续说:"还有,你要我做什么呢?我是不是该回避?或者我先端上饮料,向他们问好,然后识趣地离开?"

亨利不安地注视着妻子,告诫她说:"亲爱的,你必须认真对待这件事。"

"但是亨利,亲爱的,"克拉丽莎坚持道,"难道我不能在认

43

真对待整件事情的同时开心一下吗？"

亨利在回答之前仔细地考虑了她的问题，然后严肃地回答："我觉得也许你不出现的话可能对大家更好，克拉丽莎。"

克拉丽莎看起来并不在乎。"好吧，"她同意了，"但是食物怎么办？他们会想要吃些什么呢？"

"哦，差点忘了，"亨利说，"无疑要给他们准备一顿饭。"

"弄几片三明治好不好？"克拉丽莎建议。她坐在沙发的扶手上，继续说："火腿三明治是最好的。包在餐巾里以保持三明治湿润。热水瓶里面装热咖啡。应该没问题了吧。不过巧克力慕斯我可要拿去卧室，算是补偿我不能参加会议的失落吧。"

"好了，克拉丽莎——"亨利不赞成地开口，他的妻子抬起胳膊，环住他的脖子打断了他。

"亲爱的，我是认真的，真的。"克拉丽莎向他保证，"什么都不会出错，我不会允许出乱子。"她亲昵地吻着亨利。

亨利温柔地脱离她的怀抱。"老罗利怎么样？"他问。

"他和杰里米还有雨果在俱乐部用晚餐，"克拉丽莎告诉他，"他们用餐后要打桥牌，所以罗利和杰里米估计到午夜才会回来。"

"埃尔金夫妻两个出去了？"亨利问她。"亲爱的，你知道星期四晚上他们总会去看电影。"克拉丽莎提醒他，"他们十一点之后才会回来。"

亨利看起来很高兴。"好，"他高声说，"一切都相当令人满意。约翰爵士和先生……苏……"

"琼斯。"克拉丽莎提醒他。

"非常正确，亲爱的。琼斯先生和首相先生到时候应该早就离开了。"亨利看了看手表。"好了，我开车去宾德利希思机场前最好先冲个澡。"他说。

"我现在得去做火腿三明治了。"克拉丽莎边说边冲出房间。

亨利拿起他的公文包,在她身后喊:"你必须记得关灯,克拉丽莎。"他走到门口关灯。"现在我们需要自己支付电费。"他把墙上的支架灯也关了。"不像住在伦敦的时候,你知道。"

亨利最后瞥了一眼房间,现在黑暗中只有前厅的灯微弱地亮着,他点点头关上门离开了。

第七章

在高尔夫俱乐部里,雨果正忙着抱怨克拉丽莎叫他们分辨波特酒的恶作剧。"说真的,她真的应该停止这些捉弄人的把戏了,相信你也和我想法一样吧。"在他们去酒吧的路上他说道,"你还记得吗?罗利,那次我接到白厅的电报,里头说我被列入下次的授勋名单中,会被封为爵士。有天晚上我跟亨利和克拉丽莎一起吃晚餐,我很得意地跟亨利提起这件事情,亨利摸不着头脑,而克拉丽莎开始咯咯笑起来,那时候我才发现是她干的好事。简直是太幼稚了。"

罗兰德爵士不由得笑了:"是的,她确实会做出这种事情来。你知道她喜欢演戏,以前在学校的戏剧俱乐部里算得上是个一流的女演员。曾经有段时间我甚至认为她会成为舞台上的专业演员呢。她能把一切表演得活灵活现,甚至在她撒最可怕的谎时也是这样。说到底,演员的本质就是最有说服力的骗子。"说到这里,罗兰德爵士停了下来,陷入对往事深深的回忆中,好一会儿才接着说:"克拉丽莎在学校时最好的朋友叫珍妮特·考林斯,她的父亲是个有名的足球运动员。所以珍妮特也是个疯狂的足球迷。有一天克拉丽莎捏着嗓子打电话给珍妮特,声称自己是球队的公关主管什么的,告诉珍妮特说她被选为球队的新吉祥物扮演者,要求她赶紧准备一套滑稽的兔子服,在下午球迷排队入场时穿着那套衣服站在切尔西体育场外面。于是珍妮特想尽办法租了一件服装，按时赶到体育场并装扮起来，结果她成了数以百计的人的笑料不说，还被提前潜伏在那里的克拉丽莎拍照记录。这下子珍妮特都快气疯了，我估计她俩的友谊也就此结束了。"

"哦，好吧。"雨果无可奈何地吼道，然后拿起菜单开始把精力集中在选择等下要吃什么这件严肃的事情上。

与此同时，在亨利离开去洗澡后仅仅几分钟的时间，奥利弗·科斯特洛偷偷地通过落地窗进入黑尔什姆·布朗家的客厅。窗帘打开的一刹那，月光如水银般泻入客厅。他用手电筒环顾四周，然后走到桌前打开台灯，在推开储物格的盖子后，他突然关上灯，纹丝不动地站着，貌似听到了什么声音。确认没人之后，他再次点亮台灯，打开了储物格。

科斯特洛身后，书架后面的夹壁墙的门缓慢而无声地滑开。科斯特洛关上储物格，再次关掉台灯，就在转身的一刹那，站在夹壁墙里的人冲他的头部一记猛击。他立即倒在沙发后面，夹壁墙的门迅速地关上了。

客厅重新陷入黑暗，亨利·布朗从大厅走了进来，打开墙上的支架灯，大喊"克拉丽莎！"他戴上眼镜，从沙发边桌上的盒中拿出一些雪茄填满随身携带的烟盒。克拉丽莎走了进来，问道："我来了，亲爱的，你去机场前想吃一个三明治吗？"

"不，我最好现在就出发。"亨利回答，紧张地轻轻拍打着身上的夹克。

"但是你去得太早了，"克拉丽莎告诉他，"开车过去不会超过二十分钟。"

亨利摇摇头说："谁也不知道会出哪些意外状况，说不定轮胎会爆胎，汽车会抛锚什么的。"

"别那么紧张啊，亲爱的。"克拉丽莎一边整理他的领带一边告诫他，"一切都会非常顺利的。"

"等等，皮帕呢？"亨利焦急地问道，"你可千万别让她在约翰爵士和卡伦……我的意思是，琼斯先生会谈的时候跑出来打搅大家。"

"不，不会存在这种风险。"克拉丽莎向他保证，"我会去她的房间共进晚餐，一起吃明早的早餐香肠，分享巧克力慕斯。"

亨利对他的妻子满怀深情地微笑。"你对皮帕非常好，亲爱的。"他告诉克拉丽莎，"这是我最感谢你的事情之一。"他停顿了一下，仿佛有些尴尬，然后继续说："我从生下来就不知道怎样表达自己的感情……我……你是知道的……遇到这么多的折磨……现在，一切开始慢慢变好了，都是靠你……"亨利一边吞吞吐吐地说着，一边笨拙地把克拉丽莎揽进怀里，轻轻地吻了她一下。

这个充满爱意的拥抱持续了一会儿。克拉丽莎轻轻地挣脱他的怀抱，但是依然拉着他的双手。"你的话让我很开心，亨利，"她告诉亨利，"皮帕会好起来的，她那么可爱。"亨利深情地冲着她微笑。"现在，你必须去接琼斯先生了。"她带着命令口气对亨利说，一边推着他朝厅门走去。"琼斯先生，"她重复道，"可我还是觉得你们挑了个可笑的代号。"

亨利正准备离开，克拉丽莎突然问他："你们是从前门进来吗？我需要把门打开吗？"

亨利在门口考虑了一下，然后说："不，我觉得我们会通过落地窗进来。"

"你最好穿上大衣，亨利，外面非常冷。"克拉丽莎建议，推着他走到门厅。"也许还有围巾。"亨利乖乖地从衣帽架上拿起大衣,走到前门的时候又听到最后一句嘱咐,"小心开车,亲爱的。"

"好的,好的,"亨利回应她,"你知道我总是这样。"

克拉丽莎在亨利出门后关上门,然后回到厨房继续做三明治。当她做好并把它们放在盘子里,裹上潮湿的餐巾用来保持湿润时,她不禁想起刚刚跟奥利弗·科斯特洛不愉快的会面。她眉头紧蹙,把三明治拿回客厅放在小桌上。

克拉丽莎突然害怕留在桌上的印迹会激怒皮克小姐,于是她拿起盘子,使劲儿擦了几下,发现没办法完全去除,于是她从附近拿了一只花瓶放在桌上试图掩盖。她把三明治盘子转移到凳子上,然后小心翼翼地整理沙发垫。她柔声哼着歌,捡起皮帕的书,想放回书架上。"一个人能遇到另一个人,进入……"歌声戛然而止并响起一声尖叫——她被绊了一个趔趄,差点倒在奥利弗·科斯特洛的身上。

弯下腰后,克拉丽莎才发现地上的人是谁。"奥利弗!"她倒抽一口气,用恐惧的双眼盯着他,那一瞬间对她来说如同一个世纪那么久。最后克拉丽莎确信他已经死了,赶紧站起来跑出门去叫亨利,但又马上意识到亨利已经出发。她转身回到尸体旁,然后跑到电话机那里,拿起话筒开始拨号,但是又像想到了什么似的立即停了下来,放下听筒。再次犹豫之后,她看了看墙上的暗门。迅速打起精神后,她又瞥了一眼暗门,然后勉强弯下腰,打算把尸体拖过去。

正在她忙活的时候,夹壁墙的门缓慢打开了,皮帕出现在夹壁墙处,她在睡衣裤外面套了一件睡袍。"克拉丽莎!"她哭泣着冲向她的继母。

克拉丽莎试着用身体挡住她,不让她看到科斯特洛的尸体,然后轻轻一推,想把她支开。"皮帕,"她祈求道,"不要看,亲爱的。不要看。"

皮帕哽咽着哭道:"我不是有意的。真的,我真的不是有意要打他的。"

克拉丽莎惊恐地抓住皮帕的胳膊:"皮帕!是你?"她倒吸一口气。

"他死了,对吗?他真的死了吗?"皮帕问。她失声痛哭:"我不是有意要杀他的。我不是有意的。"

"安静下来,安静。"克拉丽莎轻声安抚她,"没关系。来吧,坐下来。"她把皮帕带到扶手椅前让她坐下。

"我不是有意的,不是有意要杀掉他的。"皮帕继续哭泣。

克拉丽莎跪在皮帕旁边。"你当然不是有意的。"她安抚皮帕,"现在听我说,皮帕……"

可是皮帕哭得更厉害了,简直到了歇斯底里的地步,克拉丽莎大喊:"皮帕,听我说,会没事的。你必须忘掉它。忘记这一切,听到了吗?"

"好,"皮帕呜咽着,"但……但我……"

"皮帕,"克拉丽莎加重语气说,"你必须相信我以及我对你说的一切。一切都会好起来的,但你必须勇敢一点,照我说的去做。"

皮帕依然处于崩溃的边缘,试图挣脱克拉丽莎。

"皮帕!"克拉丽莎严肃地大喊,"你能照我的话做吗?"她拉着皮帕面对自己。"你能吗?"

"好,好,我会的。"皮帕哭着把头埋进克拉丽莎的怀里。

"非常好。"克拉丽莎柔声说,帮助皮帕站了起来。

"现在,我要你上楼睡觉。"

"你可以跟我一起来吗?"这可怜的孩子恳求道。

"好的,好的,"克拉丽莎向她保证,"我很快就来,尽可能快,我会给你一小片安眠药。你会很快睡着的,明天早上一切都会变得不一样。"她低头看看地上的尸体,补充道:"根本不用担心。"

"但他死了……不是吗?"皮帕问。

"不,不,他可能只是晕倒了。"克拉丽莎闪烁其词,"我会搞定的。好了皮帕,照我的话做。"

皮帕啜泣着离开房间,向楼上跑去。克拉丽莎看着她离开,然后转头看着地板上的尸体。"假如我在客厅发现一具尸体,我该怎么办呢?"她喃喃自语,呆呆地站着想了又想,她忍不住又喊道:"哦,天哪,我该怎么办啊?"

第八章

在接下来的十五分钟里,克拉丽莎在客厅里一边自言自语一边忙个不停。房间里灯火通明,她关上夹壁墙的暗门,拉上落地窗的窗帘。奥利弗·科斯特洛的尸体依旧倒在沙发后面,而克拉丽莎移动家具,在房间中央放置了一张桥牌桌,桌上散落着一些扑克牌和出牌记录表,围着桌子的是四把椅子。

站在桌边的克拉丽莎一边潦草地写下出牌记录一边轻声嘀咕:"三张黑桃,四张红桃,四张无将,过。"然后她盯着几手牌开始叫牌:"五张方片,过。六张黑桃……这里要加倍……到这里他们该宕掉吧。"她迟疑了一下说:"让我再想想,双倍成局,两墩,五百分……要是我的话会让他们这么顺利吗?才不呢!"

不过她马上被罗兰德爵士、雨果和年轻的杰里米给打断了,他们穿过落地窗进入房间,雨果在进来之前稍微停顿了一下,转身关上了一侧的窗户。

克拉丽莎丢掉手中的铅笔和记录板奔向他们,对罗兰德爵士说:"感谢上帝你们来了。"语气里满是惊慌。

罗兰德爵士关切地问:"出什么事了,我亲爱的克拉丽莎?"

杰里米注意到桌上的扑克牌时开心地说:"有人在这里打过桥牌吧。"

"克拉丽莎,你看你真是大惊小怪,"雨果插嘴道,"出啥事了啊,小姑娘?"

克拉丽莎紧紧拉住罗兰德爵士的手说:"出大事了,真的是大事,你一定会帮我的,是吗?"

"当然,我们都会帮你,克拉丽莎,"罗兰德爵士向她保证,"到底出什么事了?"

"会帮你的,说吧,这次又要耍什么花招啊?"雨果有点疲惫地问道。

杰里米也有点摸不着头脑:"克拉丽莎,到底出什么事啦?是不是发现了一具尸体还是其他什么吓人的东西?"

"你说对了,"克拉丽莎告诉他,"我真的发现了一具尸体。"

"你在说什么啊,发现一具尸体?"雨果困惑地说,可声音里完全听不到一点兴致。

"就像杰里米刚才说的,"克拉丽莎说道,"我进来的时候看见这里有具尸体。"

雨果飞快地把房间瞄了一眼说:"你在瞎说些啥啊,什么尸体?在哪儿啊?"

"这次我说的都是真的,没有开玩笑!"克拉丽莎生气地喊道,"就在那儿,在沙发后面!"她把罗兰德爵士推向沙发,自己让到一边。

雨果飞快地跑向沙发,杰里米紧跟其后,很快杰里米就忍不住低声说道:"老天啊,她这次没撒谎。"

罗兰德爵士也走了过来,和雨果一起俯下身去查看尸体。"怎么是他——奥利弗·科斯特洛!"罗兰德爵士忍不住惊叫起来。

"我的上帝啊!"杰里米飞快地跑到落地窗前拉上了窗帘。

"没错,"克拉丽莎说,"那就是奥利弗·科斯特洛。"

"他来这里做什么?"罗兰德爵士问道。

"他今晚过来讨论带走皮帕的事情,"克拉丽莎答道,"就在你们去俱乐部的时候来的。"

罗兰德爵士疑惑地问道:"他想要带走皮帕?"

"他和米兰达合谋要把皮帕带走,"克拉丽莎愤愤地说,"但现在不是说这件事的时候,等会儿我全告诉你。我们要赶快把这里处理一下,没时间了。"

罗兰德爵士举起手制止她继续说下去:"等一下!"他走向克拉丽莎:"我们要先弄清楚事实,刚才他来的时候到底发生了什么事情?"

克拉丽莎不耐烦地摇头说:"我告诉他,他和米兰达做梦都别想带走皮帕,然后他就走了。"

"可他怎么又回来了?"

克拉丽莎答道:"要是没回来他怎么会死在这里啊。"

"他为什么回来?"罗兰德爵士逼问道,"什么时候回来的?"

"我怎么知道!"克拉丽莎气鼓鼓地说,"我刚进房间就看到他死在那里了。"她一边说着一边走向沙发。

"我明白了,"罗兰德爵士重新回到尸体旁边仔细看了看说,"我看得很清楚,他应该死了。"环顾四周之后他接着说道:"遇到这种事情真让人丧气,我们能做的事情只有一件。"罗兰德爵士的眼光落在电话上,"我们只能报警,而且要……"

"不能报警!"克拉丽莎几乎喊了出来。

罗兰德爵士已经拿起了话筒:"克拉丽莎,你本该马上报警才对,我相信警察不会冤枉好人。"

"不!罗利,不要报警!"克拉丽莎跑过去从他手里抢走话筒后挂掉电话。

"我亲爱的孩子,你听我说——"罗兰德爵士正准备劝说克拉丽莎的时候被她打断了："要是能报警我早这么做了。我当然知道本该报警，刚才我都已经准备拨打报警电话了。可是后来转念一想，就打给了俱乐部，叫你们赶紧回来。"她转头看了看杰里米和雨果说道："为什么不问问我不肯报警的理由呢？"

"你可以把这事交给我们来办，"罗兰德爵士说，"我们一定会——"

克拉丽莎激动地打断了他的话："你还没明白事情有多糟糕啊。"她毫不退让地说："这次你必须帮我！你刚才亲口答应在任何时候都会帮我。"她转头看着另外两个人说："你们也要帮帮我。"

杰里米站起来稍稍挪动脚步，挡在克拉丽莎和尸体之间轻声问道："克拉丽莎，你想让我们怎么帮你呢？"

沉默之后她突然回道："帮我把尸体处理掉。"

罗兰德爵士毫不客气地答道："亲爱的克拉丽莎，你不要说傻话，这可是杀人事件！"

"这就是关键问题，"克拉丽莎答道，"绝对不能让人知道他是死在这栋房子里的。"

雨果不耐烦地嚷道："你知道你说的事情有多可怕吗？我亲爱的小姑娘！你是不是看推理小说看晕了头！在现实世界里你可不能乱开玩笑去移动一具死尸。"

"可是我已经动过死尸了，"克拉丽莎解释道，"我刚才转动过尸体，看他是否还有救，然后就把他拖到沙发的后面。之后我才意识到我做了傻事，所以才给在俱乐部的你们打电话，在等你们的时候我想出了一个办法。"

"我猜这个计划包括了那个桥牌局吧。"杰里米一边观察一边用手指着桌子。

克拉丽莎拿起桥牌的出牌记录表说："没错，这就是我们的不在场证明。"

"你到底想干什么——"雨果刚一开口就被克拉丽莎打断了话头："我们要制造出打完的两局桥牌和进行到一半的一局。我已经想好了每手牌，也记下了所有的分数和出牌记录。接下来就需要你们三位写出自己的每手牌和出牌记录。"

罗兰德爵士惊奇地盯着她说："你疯了吧，克拉丽莎，你肯定疯了！"

克拉丽莎没有理睬他继续说："我的出牌记录做得很完美。一定要把尸体从这里弄出去。"她转过头对杰里米说："你一个人不够，我刚才已经发现，搬尸体真不容易。"

雨果带着一腔愤怒说："你到底想让我们把这具尸体捣鼓到哪里去？"

看上去克拉丽莎已经有了主意："最合适的地方应该是马斯登树林，离这里只有两英里地。"她朝左边走过去用手指着说："从前门出去走几码有条很窄的小路，基本上没人从那里经过。"接着她对罗兰德爵士说："进树林后你可以把车停在路边，之后就可以回来了。"

杰里米有点摸不着头脑地问："你的意思是说叫我们把尸体藏到树林里去？"

"不用那么麻烦，你们只要把尸体留在车里就好。"克拉丽莎解释道，"他的车停在那里，你能看得见吗？在马厩的中间。"

三个男人现在都一脸茫然。"这件事很简单，"克拉丽莎向大家保证说，"如果运气不好碰到了人，天这么黑也没人能认出你们是谁。而且大家都有不在场证明，我们在这里打过桥牌。"她边说边心满意足地把出牌记录放回桌上，而三个男人目瞪口呆地望着她。

雨果不停地在房间兜圈子,一边挥动着双手仿佛要抓住什么似的,一边嘴里语无伦次地蹦着不成句子的单词:"我——啊,我——"

罗兰德爵士盯着克拉丽莎说道:"你的犯罪天赋真让我咋舌!"

而杰里米却带着几分欣赏注视着她说:"该想到的都想到了,不是吗?"

"没错!"雨果不得不承认,"但是这事听起来就像是场闹剧!"

"你们现在必须马上行动。"克拉丽莎继续发号施令,"亨利和琼斯先生九点钟到这里。"

罗兰德爵士问道:"琼斯先生?这个琼斯先生到底是谁啊?"

克拉丽莎用手扶着额头说:"亲爱的罗利,我这是头一次体会到,面对一件杀人案却要介绍一个毫不相干的人是多么让人痛苦。我只不过想求你们帮帮我罢了,相信大家都会帮我的,对吧?东西都齐了,大家一定要帮我啊。"她看了看几个人,摸着雨果的头发说:"雨果,我亲爱的雨果……"

"你这个把戏可真够劲儿的,我的小姑娘!"雨果的声音里满是怒火,"死尸是肮脏污秽的东西,本该用庄严的仪式来处理。这样毫无尊重地亵渎尸体迟早会惹出大麻烦。当然你一个女人不可能在黑夜里去弃尸。"

克拉丽莎走向杰里米,用手挽住他的胳膊说:"杰里米,我亲爱的,你肯定会帮助我的吧,一定会的!你愿意吗?"她的声音里满是急切的祈求。

杰里米带着崇拜的眼神注视着克拉丽莎,开心地回答:"我来帮你！这具死尸不会影响你我的情谊。"

"住手！年轻人。"罗兰德爵士怒喝，"我不允许你瞎胡闹。"他转过身来对克拉丽莎说："克拉丽莎，我要求你坦白地告诉我，在你这样做以前，有没有为亨利考虑过？"

克拉丽莎愤怒地盯着罗兰德爵士说："我就是为亨利考虑才这样做的！"

第九章

三个人沉默地听着克拉丽莎的话，罗兰德爵士严肃地摇摇头，雨果依然觉得摸不着头脑，杰里米只是耸耸肩，仿佛对现状完全没有兴趣。

克拉丽莎深吸一口气，严肃地向他们说："今晚有特别重要的事情。"她坦白道，"亨利现在开车去机场，要接一位非常重要的人物来这里。这非常重要，也非常机密，可以说是顶级的政治机密。谁也不应该知道这件事情，更绝对不能向公众透露一星半点。"

"亨利去接琼斯先生？"罗兰德爵士充满怀疑地问道。

"我认为这是一个傻里傻气的化名。"克拉丽莎说，"然而他们就这么称呼他。请恕我不能告诉大家他的真名。我不能再多说了，我答应亨利一个字都不会说，但是我必须让你们相信我不仅仅是……"她转头看看雨果继续说，"不仅仅是一个白痴，以及像雨果说的那样来捉弄大家。"

她又转向罗兰德爵士。"您认为整件事情会对亨利的职业生涯产生什么样的影响？"她问罗兰德爵士，"如果他必须带一位尊贵的男士过来，会见另一位专门从伦敦赶来的尊贵客人，结果碰到警察在这里调查一起谋杀案，而被害人刚刚和亨利的前妻结婚。"

"天哪！"罗兰德爵士惊呼，然后直视着克拉丽莎的双眼，怀疑地补充道:"这一切都是你搞出来的把戏,是不是?亲爱的,这件事情只是你愚弄我们大家的一个复杂的游戏,对吗?"

克拉丽莎悲哀地摇摇头,愤愤不平地说:"即便我讲的全部是真相,也没有人会相信我。"

"对不起,亲爱的。"罗兰德爵士说道,"我认为事情比我想的还要棘手。"

"您也这样认为?"克拉丽莎说道,"所以现在最关键的事情就是要把尸体运走。"

"你刚才说他的车停在哪里?"杰里米问。

"马厩附近。"

"我猜所有的仆人都出去了吧?"

克拉丽莎点点头:"是的。"

杰里米从沙发上抓起一副手套:"动手吧!"他果断喊道,"我是应该把尸体搬到车那里?还是应该把车开过来?"

罗兰德爵士伸手出来阻拦他:"等一下!"他建议道,"我们不能仓促行事。"

杰里米把手套放下,克拉丽莎却转向罗兰德爵士,绝望地哭泣道:"我们必须赶快行动。"

罗兰德爵士严肃地凝视她道:"我不确定你的计划是不是最好的应对之道,克拉丽莎。现在,我觉得把发现尸体的时间推迟到明天早上这个方法更好,事情也会更加简单。假如现在我们仅仅是把尸体移动到另一间屋子,我并不认为这是什么犯罪行为。"

克拉丽莎立刻扭头转向他:"我现在只需要说服您,对吗?"她告诉罗兰德爵士。她看了看杰里米,继续说:"杰里米已经准备好了。"她瞥了一眼雨果。"雨果会嘀咕着摇摇脑袋,但是他也会做同样的事情。只有你……"

她走过去打开图书室的门。"你们能给我一点时间吗?"她问杰里米和雨果,"我想单独和罗利谈谈。"

"你最好不要让她跟你谈那些蠢事,罗利。"雨果和杰里米离开的时候警告他。

杰里米对克拉丽莎会心一笑,喃喃地说:"祝你好运!"

罗兰德爵士表情凝重,在图书室的桌前坐下。

"现在!"克拉丽莎坐在桌子的另一边对他喊道。

"亲爱的。"罗兰德爵士警告她,"我爱你,我会永远爱你。但是,今天这件事你不用问,答案就是两个字,不行!"

克拉丽莎语气郑重而严肃。"不能让人发现那个人的尸体在这个房间里!"她丝毫不妥协地说道,"如果尸体在马斯登树林被发现,我可以说他仅仅在这里待了一小会儿就离开了,我可以告诉警察他离开的具体时间。事实上是皮克小姐送他走的,原本他就该一去不复返,根本没有什么该回来的理由。"

克拉丽莎深吸了一口气。"但是如果他的尸体在这里被发现,"她继续说,"那么我们所有的人都要被调查。"她停顿了一下,慎重考虑后又继续说:"皮帕也不能再继续忍受了。"

"皮帕?"罗兰德爵士疑惑不解。

克拉丽莎表情严肃。"是的,皮帕。她刚才号啕大哭,坦白说是她做的。"

"皮帕!"罗兰德爵士重复道,他慢慢开始听懂克拉丽莎在说什么。

克拉丽莎点点头。

"天哪!"罗兰德爵士惊呼。

"今天奥利弗过来的时候她非常害怕。"克拉丽莎告诉他,"我试图安慰她,绝对不会让奥利弗把她带走,但我觉得她可能并没有相信我说的话。你知道她曾经经历过什么吗——弄得她差点精神崩溃？我觉得她跟着奥利弗和米兰达一起生活的话，估计会活不下去的。我发现奥利弗的尸体时，皮帕就在这间屋子里。她告诉我她本来不想这么做的，我敢肯定她说的是真话。她完全吓傻了，抓住那根手杖乱打一通。"

"什么手杖？"罗兰德爵士问。

"就是门厅那儿的夹壁墙里那支。还在那里，我碰都没有碰。"

罗兰德爵士沉思了一会儿，大声问："皮帕现在在哪里？"

"在床上。"克拉丽莎回答，"我刚才给了她一片安眠药，她应该到明天早上才会醒过来。明天我会带她去伦敦，让我的老保姆照顾她一阵子。"

罗兰德爵士站起来，走过去看了看沙发后面奥利弗·科斯特洛的尸体。然后回到克拉丽莎身边吻了她。"你赢了，亲爱的。"他说道，"我向你道歉。那个可怜的孩子不应该面对这种事情，叫其他人进来吧。"

罗兰德爵士走到窗前关上窗子，克拉丽莎打开图书室的门，大声叫道："雨果，杰里米，你们现在能回到屋里来吗？"

他们俩回到屋子里。"你的管家不太称职，图书室的窗户没有仔细锁好。"雨果说，"刚发现窗子开着，我已经关上了。"

雨果看看罗兰德爵士，突然问："怎么样？"

"我被说服了。"罗兰德爵士简明扼要地说。

"干得好！"杰里米由衷地佩服克拉丽莎。

"我们必须抓紧时间。"罗兰德爵士宣布，"现在，戴上手套。"他拿起一副戴上。杰里米从剩下的两副里面拿起一副递给雨果，两人几乎同时戴好手套。罗兰德爵士走到夹壁墙处问道：

"这玩意儿怎么打开？"

杰里米走过去。"这样，先生。"他说，"皮帕教过我。"他移动拉杆，打开那扇暗门。

罗兰德爵士看着夹壁墙，探手进去拿到手杖。"没错，这分量真沉。"他说道，"敲在头上可受不了。可是，我怎么觉得……"说到这里他突然收住话头。

"你觉得什么？"雨果急于知道他的潜台词。

罗兰德爵士摇摇头。"我早该想到这一点。"他答道，"凶器应该拥有更尖锐的边缘，像是某种金属物体。"

"你是指一把斧头？"雨果直截了当地说。

"我不知道。"杰里米突然插嘴，"我觉得这根手杖够凶残的了，用它可以轻易把人开瓢。"

"很显然它可以做到。"罗兰德爵士一本正经地说。他转身把手杖递给雨果。"雨果，你能把这个拿去厨房火炉里烧掉吗？"他命令道，"沃伦德，你和我把尸体抬到车上去。"

正当罗兰德爵士和杰里米弯腰去搬尸体的当口，门铃突然响起来。"什么声音？"罗兰德爵士惊叫道。

"是门铃。"克拉丽莎疑惑不解地回答。大家顿时呆若木鸡。"会是谁？"克拉丽莎纳闷地问，"亨利和……呃，琼斯先生应该不会这么快回来。可能是约翰爵士。"

"约翰爵士？"罗兰德爵士大吃一惊，"你是说首相今晚会来？"

"是的。"克拉丽莎回答。

"呃。"罗兰德爵士有点六神无主，然后说道，"是的。"他喃喃道："好吧，我们必须做点什么。"门铃又响了，他开始行动起来。"克拉丽莎。"他命令道，"去开门。尽可能地拖延一下，留给我们一点时间清理这里。"

克拉丽莎很快走向门厅,罗兰德爵士看着雨果和杰里米。"现在,"他急促地解释,"我们要做的是,把尸体搬到夹壁墙里去。然后等他们开始会谈的时候,我们从图书室那边把尸体弄到外面去。"

"好主意!"杰里米表示赞同,他帮助罗兰德爵士抬起尸体。

"需要我帮忙吗?"雨果问。

"不用了,我可以。"杰里米回答。雨果打着手电,杰里米和罗兰德爵士把科斯特洛搬到了夹壁墙里。过了片刻,罗兰德爵士和杰里米匆匆出来,拉动拉杆。雨果拿着手电和手杖,猫着腰从杰里米的胳膊下溜进夹壁墙,关上了暗门。

罗兰德爵士仔细检查了夹克上有没有沾上血迹,低声说:"手套。"他把摘下来的手套藏在沙发的一块垫子下。杰里米匆忙照做。然后他又说道:"桥牌。"罗兰德爵士提醒自己,快步走到桥牌桌前坐下。

杰里米几乎同时拿起桥牌。"来吧,雨果,快点。"罗兰德爵士拿起牌催促。

回答他的仅仅是从夹壁墙里传来的敲击声。这时他们突然意识到雨果并不在屋里,罗兰德爵士和杰里米警惕地对视。杰里米跳起来,跑过去拉开拉杆打开门。"快点,雨果。"罗兰德爵士连声催促,雨果钻出来。"快点,雨果。"杰里米不耐烦地咕哝,关上夹壁墙的门。

罗兰德爵士劈手夺过雨果的手套藏在垫子下。三个人闪电般地坐下,拿起桥牌。这时克拉丽莎从门厅回到房间,身后跟着两个穿制服的男人。

克拉丽莎用无辜惊讶的口气说:"他们是警察,罗利叔叔。"

第十章

两名警官中的一位大腹便便的灰发老者跟着克拉丽莎进入客厅，另一名年轻人守在前厅门口没进来。"这位是警督。"克拉丽莎转过来问门口那位二十多岁拥有足球运动员身材的黑发警官，"不好意思，您刚才说您是哪位来着？"

警督替年轻警官回答道："他是琼斯警官。"然后对三名男士说："很遗憾来打搅大家，诸位先生，我们刚才接到消息说这里发生了谋杀案。"

克拉丽莎和她的朋友们立即七嘴八舌地答道："不是在开玩笑吧！"雨果说。"啊？杀人案？"杰里米很是吃惊。"老天啊！"罗兰德爵士喊道，克拉丽莎则说："这可太吓人了！"每个人都装出一副有模有样的讶异表情。

"是的，我们在车站接到报警电话。"警督一边回答一边看着雨果说："晚上好，伯奇先生。"

"呃，晚上好，警督。"雨果的声音变成了嘟囔。

"看起来好像有人和您开了个玩笑，警督。"罗兰德爵士提醒道。

"应该是吧。"克拉丽莎附和说，"我们整个晚上一直在打桥牌啊。"

其他人纷纷点头，克拉丽莎问："是谁告诉您说有人被杀了呢?"

"这是个匿名电话,"警督解释说,"电话里说一个男人在科普尔斯通府被害,要我们马上赶到,还没等问清楚具体情况电话就被挂断了。"

"绝对是有人捣鬼。"克拉丽莎说,"这简直太龌龊了。"

雨果露出一副吃惊的面孔,警督则答道:"夫人,这可能让您不愉快了,总是有人喜欢搞些恶作剧。"

他停下来用目光扫视着每一个人,然后对克拉丽莎继续说道:"按照您的说法,今晚和往常一样安宁是吧?"在得到肯定的答复后,他继续说:"我觉得最好还是见见黑尔什姆·布朗先生吧。"

"他不在。"克拉丽莎答道,"我估计他很晚才会回来。"

"好的。"警督说,"那请问下诸位的姓名可以吗?"

克拉丽莎依次介绍道:"罗兰德·德拉哈耶爵士,沃伦德先生,还有您已经认识的伯奇先生,我们今晚一直在这里。"

罗兰德爵士和杰里米小声地和警督打过招呼。"哦,对了。"仿佛是刚想起来似的,克拉丽莎说,"还有我的'小'继女已经上床睡觉了。"她故意把"小"字念得很大声。

"那你们的仆人们呢?"警督依旧不肯放弃。

"我们有两个仆人,他们是对夫妻。今晚他们放假,刚才去了梅德斯通的电影院。"

"我知道了。"警督一边说一边严肃地点了点头。

就在这时埃尔金走进客厅,几乎与守在门口的年轻警官撞了个满怀。疑惑地看了一眼警督之后,埃尔金问克拉丽莎:"夫人,要不要给您拿些饮料呢?"

克拉丽莎有些愠怒地提高了声音说:"埃尔金,我想这里不用你多事了吧。"听了这话,警督用凌厉的眼神瞪了克拉丽莎一眼。

埃尔金有些尴尬地解释道:"夫人,我们连电影都没看就回来了,全是因为我太太她不舒服,可能是胃疼。她一准是吃了什么不好的东西。"说到这里,埃尔金看了看警督和警官,不由得问道:"是不是出了什么事情?"

"你叫什么名字?"警督问道。

"我叫埃尔金,先生。"管家答道,"我希望这里没有出什么事情——"

不等他说完警督就打断了他:"有人报警说这里发生了谋杀案。"

"谋杀案?"埃尔金的呼吸开始急促起来。

"你肯定知道些什么吧?"

"不知道,我没看见任何事情,先生。"

"不是你打的电话吧?"警督逼问道。

"根本没那个必要,完全没有。"

"你回来的时候是从后门进来的,我猜你走的是后门吧?"

"是的,先生。"埃尔金答道,紧张的心情让他不知不觉间语调客气起来了。

"那你有没有发现什么异常?"

管家想了一会儿说:"我想起来了,马厩附近停着一辆很奇怪的汽车。"

"一辆很奇怪的汽车?你为什么觉得奇怪?"

"我很好奇在那个时候谁会那样做。"埃尔金回忆道,"把车停在那种地方真的很少见。"

"车里有人吗?"

"太远了我看不清,先生。"

"去看看是怎么回事,琼斯。"警督给他的副手下达了指示。

"琼斯!"克拉丽莎像是吓了一跳似的忍不住喊了一声。警督立即转过身来看着她问道:"你说什么?"

克拉丽莎立即发现自己的失态,对警督笑着说:"没什么,我就是觉得他的外貌看上去有点不太符合威尔士式的'琼斯'这个名字罢了。"

警督挥手示意琼斯警官和埃尔金去调查那辆车,于是两人离开了房间。不知不觉中沉默笼罩了所有人,过了一会儿杰里米转身坐在沙发上开始吃三明治。警督则把帽子和手套放在扶手椅上,然后深吸一口气对所有人说道:

"好像……"他故意停顿了一下缓缓地说,"今晚有个不明身份的人来过吧。"他转过头望着克拉丽莎问道:"你真的没在等谁吗?"

"哦,真是够了。"克拉丽莎答道,"我们可没叫谁过来,你看清楚,我们正好四个人凑一桌打桥牌。"

"真的吗?"警督说,"我可是很喜欢打桥牌的。"

"您会打桥牌?"克拉丽莎问道,"那一定玩过桥牌的黑木问叫[①]吧?"

"我只喜欢通常的对局而已。"警督一边回答一边改口问道,"黑尔什姆·布朗夫人,可以告诉我您住在这里很久了吗?"

"没多久,才六周吧。"克拉丽莎说。

警督得寸进尺地问道:"自从您住进这个穷乡僻壤之后,有没有发现什么奇怪的事情呢?"

不等被窘住的克拉丽莎开口,罗兰德爵士插嘴质问道:"警

[①]黑木问叫是桥牌最广泛的打法。

督,你的这个'奇怪'是什么意思?"

警督转过脸看着罗兰德爵士说:"好吧,爵士,这是一件挺稀奇的事情。这栋房子以前是位叫赛隆的古董商住的,可他六个月前去世了。"

"没错。"克拉丽莎接过话茬儿说,"他死于意外事故吧?"

"您说得对。"警督说,"他从楼梯上摔下来摔破了脑袋。"说到这里,警督用眼睛扫视了一下杰里米和雨果,继续说道:"这次意外死亡也许是人为的,也许不是。"

"你的意思是……"克拉丽莎问道,"有人把他从楼梯上推了下来?"

警督望着克拉丽莎点头说:"正确!也许头上的伤是人为造成的……"他停下话头,很明显地感觉到其他人紧张的心情,稍稍停顿后他继续说:"有人走下楼梯处理掉了赛隆尸体上的痕迹。"

"就是这所房子的楼梯吗?"克拉丽莎紧张地问道。

"不是这里,发生在他的店里。"警督告诉她,"当然这些推测没有确凿的证据。不过赛隆先生是位业界黑马。"

"警督你说的是哪方面呢?"罗兰德爵士问道。

"行,我告诉您。"警督答道,"也许您该说是赛隆先生应当把几件事情的前因后果向我们警察说清楚。伦敦的缉毒队已经找他谈过话了……"说到这里警督立即收住话头,改口说:"但目前这些都只是怀疑罢了。"

"全都是官场套话。"罗兰德爵士嗤之以鼻。

警督转头盯着他说:"您说得对。"话音里头带着不少深意,"都是官场套话。"

"是吗,那么真心话是什么?"罗兰德爵士单刀直入地问道。

"很抱歉，我们还是换个话题吧。"警督继续说道，"但是后来发现一个奇怪的情况，赛隆先生的桌子上找到一封未写完的信，他在信里说他即将到手一批无与伦比的稀有古董，他确信……"警督停下了话头，仿佛是在构筑词汇，"确信不是伪造的，他要求对方支付一万四千英镑。"

罗兰德爵士看起来在苦苦思索："一万四千英镑。"他嘀咕着，然后大声说："好大一笔钱。问题是猜不出那是什么东西。我觉得应该是什么珠宝吧。但那个'伪造的'又是在暗示什么呢？我想不出啊，莫非是张名画？"

杰里米继续啃他的三明治，警督回答道："也许您说得对。保险柜上的库存标识一目了然，他的店里没有那么值钱的货色。而赛隆先生在伦敦有个独立女合伙人，她来信告诉我们说无法提供更有价值的信息。"

罗兰德爵士缓缓地点头说："从那封信来看，他真的有可能是被害的，古董店里是不是少了些什么？"他提醒警督道。

"先生，您说的可能性很大。"警督点头道，"可以反过来考虑，也许他们还未能得逞。"

"可是，您这样认为的理由是什么？"罗兰德爵士追问道。

"因为……"警督答道，"自从赛隆出事后，有人两次洗劫了他的店铺。"

克拉丽莎仿佛觉察到什么似的问道："警督，您告诉我们这些消息是为了什么？"

"我可以告诉您，黑尔什姆·布朗夫人。"警官望着她说，"我觉得赛隆其实把东西藏在了这所房子里，而不是大家猜测的梅德斯通古董店里，所以我才问您这里是否发生过一些奇怪的事情。"

克拉丽莎紧张地说："今天有人打电话说要找我，可我接的时候电话已经挂了，这不是件奇怪的事情吗？"说着，她转头看着杰里米说："哦，当然，你知道，还有一天有个穿马裤的男人闹着要买那张桌子。"

警督穿过房间指着桌子问："是这张桌子吗？"

"没错！"克拉丽莎答道，"我跟他说了几次，这张桌子不是我们的，所以不能卖。可他不仅不信，反而要掏远远高于这张桌子的钱来买。"

"这可真有趣啊。"警督一边研究桌子一边说，"这些桌子里往往有暗格，这点您听说了吧。"

"里面是有个暗格。"克拉丽莎答道，"但没什么稀奇的东西，不过是一些旧的签名罢了。"

警督看起来很感兴趣："旧的签名也许是非常宝贵的东西，东西在哪里？"

"警督，我可以向你保证。"罗兰德爵士告诉他，"那些签名并不会是什么稀罕货色，顶多值一两镑吧。"

琼斯警官走进来，手里拿着一个小本子和一双手套。

"哦，琼斯，你有什么新发现？"警督问道。琼斯一边把小册子递给他一边答道："长官，我检查了车子，只有这双手套搁在司机座儿上，旁边的车兜里头有这个小本儿。"克拉丽莎和杰里米忍不住相互间会心一笑，因为警官的威尔士口音实在是让人印象深刻。

警督翻了翻小本子念道："奥利弗·科斯特洛，伦敦三区摩根大厦二十七号。"他立即转向克拉丽莎急切地问道："这个叫科斯特洛的人今天来过吗？"

第十一章

四个心里有鬼的人互相偷偷地打量着。克拉丽莎和罗兰德爵士不约而同地想要开口,最后克拉丽莎抢先承认说:"没错,他来过这里。"她稍稍犹豫之后接着说:"我想想,应该是下午六点半来的。"

"他是你的朋友吗?"警督问道。"不,我可从来没把他当朋友。"克拉丽莎答道,"我只见过他一两次。"她一边故意装出尴尬的样子,一边又故作犹豫地说:"这件事真的不太好开口……"她用楚楚可怜的眼光望着罗兰德爵士,故意把球踢给他。

作为一名绅士,罗兰德爵士义不容辞地回应她的请求说:"警督,这件事情让我来说比较恰当吧。"

"说吧,先生。"警督有点不耐烦地回答。

"好的。"罗兰德爵士直接说道,"这里以前有过第一任黑尔什姆·布朗夫人,她一年多前和黑尔什姆·布朗先生离婚了,而再婚的对象就是这位奥利弗·科斯特洛先生。"

"我明白了。"警督说,"科斯特洛先生今天来过这里。"他转向克拉丽莎,"他来做什么呢?事先他通知过您他要来吗?"

"这倒没有。"克拉丽莎一脸轻松地说道,"事情是这样的,米兰达和我丈夫离婚时错把一些不属于她的东西带走了。奥利弗·科斯特洛恰巧经过这里,顺便把东西还给亨利。"

"都是些什么东西?"警督立即接着话茬儿追问道。克拉丽莎早有准备,胸有成竹地笑着说:"没什么重要的东西。"她拿起沙发桌上的一个银制小香烟盒给警督看:"这也是其中之一。它本来是我婆婆留下的念想,我丈夫对这个东西怀有特殊的感情,所以才不舍得给人。"

警督盯着克拉丽莎看了好一会儿才问:"到六点半离开为止,科斯特洛先生逗留了多久?"

"啊,没多长时间。"克拉丽莎一边回答一边放回香烟盒,"他说有急事,只停留了十分钟吧,我感觉是,没超过十分钟。"

"你们在谈话时没发生冲突吧?"警督追问道。

"当然没有。"克拉丽莎答道,"我非常感谢他能把东西还回来。"

警督想了想,继续顺着话茬儿问道:"他在离开时有没有说要去哪里?"

"什么也没说。"克拉丽莎答道,"最后他从落地窗出去的。"她指着落地窗接着说:"是我家的园丁皮克小姐带他从这里出去的。"

"你的园丁……她住在这个院子里吗?"警督问道。

"是住在这栋别墅里,不过她有间单独的小屋。"

"我觉得有必要和她谈一谈。"警督说,"琼斯,通知她过来。"

"可以打内线电话叫她过来,可以为您效劳吗,警督?"克拉丽莎微笑道。

"那样再好不过了,黑尔什姆·布朗夫人。"警督阴阳怪气地说道。

"别往心里去,我猜她还没睡下。"克拉丽莎一边按下键钮,一边对警督微微一笑,警督却笑得很不自然。只有杰里米暗自好笑,又拿起一块三明治开始啃起来。

克拉丽莎对着电话说:"您好,皮克小姐,我是黑尔什姆·布朗……过来一下好吗?希望你不要介意。出了件重要的事……哦,好的,没什么可担心的,谢谢。"

她放下话筒对警督说:"皮克小姐在洗头,穿上衣服就过来,应该很快。"

"谢谢。"警督答道,"说不定科斯特洛对她说过会去哪里。"

"是的,您说得有道理。"克拉丽莎同意道。

可是警督却摆出一副深思熟虑的样子问道:"可我最不能理解的是,为什么科斯特洛先生的车还留在这里,他人却不见了?"

克拉丽莎忍不住往书架和夹壁墙的方向瞟了一眼,然后走到落地窗前望着皮克小姐来的方向。杰里米发现她那一瞥,带着一脸的无辜又坐了下来,跷起了二郎腿。警督则继续说:"显然这位皮克小姐是最后见到他的人。夫人,您面前的落地窗在科斯特洛先生离开后是否上锁呢?"

"这里不上锁。"站在落地窗前的克拉丽莎头也不回地答道。

"您确定吗?"警督追问道。

仿佛他的话里有什么魔力,让克拉丽莎转身犹豫地回答:"我……我觉得没这个可能性。"

"所以他很可能从那里返回。"克拉丽莎的紧张丝毫没能逃过警督的眼睛,他深吸一口气说,"黑尔什姆·布朗夫人,要是您允许的话,我打算搜查这所房子。"

"当然可以。"克拉丽莎满面微笑地说,"这个房间您已经看过了,没人可以藏在这里。"她打开窗帘望着外面,仿佛是在企盼皮克小姐，然后大声说："从这里过去是图书室，"她走向图书室的门并打开，"您想要进去看看吗？"

"谢谢您。"警督说，"琼斯！我们去看看。"他们进入图书室时，警督指着图书室另一侧的门下令道："看看那扇门通往哪里，琼斯。"

"是，长官！"警员一边回答一边穿过门。

估摸着他们听不见的时候，罗兰德爵士轻轻地走到克拉丽莎身边用手指着门板问："那扇门后面是什么？"

"书架。"克拉丽莎毫不犹豫地回道。

罗兰德爵士点点头，又悄无声息地踱到沙发边，这时传来琼斯警官的声音："只是另一扇通往前厅的门，长官。"

两名警官从图书室走回来，警督不着痕迹地发现罗兰德爵士换了个位置，他大声说："好了，接下来我们要检查其他的房间。"他一边说着一边走向前厅门口。

"您要是不介意的话，我陪您检查吧。"克拉丽莎说道，"我很担心小女儿，她可能会被惊醒、被吓到，当然我不是说她一定会。她一般睡得很死，必须使劲摇才会叫起来。"

当警督推开厅门的时候，克拉丽莎问道："警督，您有孩子吗？"

警督迟疑了一下答道："一儿一女。"走出房间穿过前厅后他开始上楼。

"真让人羡慕不是吗？"克拉丽莎一边察言观色一边对警官说，"琼斯先生，请往这里来。"并做出个"请"的手势。等琼斯警官走出房门后她紧紧跟上去。

等几个人的身影完全消失后，房间里的三个人面面相觑，雨果不停地搓着双手，杰里米抹去额头上的冷汗问道："接下来该怎么办？"同时又拿起一块三明治。

罗兰德爵士摇着头说："我讨厌现在的处境，我们都陷得很深啊！"

"这话要是搁我这儿……"雨果仿佛是在打气似的说道，"在事情没恶化成最糟糕状态以前必须了结它。"

"老天，我们不能撒手不管。"杰里米叹气道，"这对克拉丽莎来说太残酷了。"

"但这样下去我们会让她处境更糟。"雨果毫不让步，"我们能把尸体弄走吗？警察已经把那家伙的车给扣押了。"

"要不用我的车？"杰里米提议道。

"不行，我可不想那样做。"雨果还是不肯妥协道，"我真不想再掺和了，他妈的，我可是本地的治安官。好歹要顾及我在警方的声誉。"他对罗兰德爵士说："赶紧拿个主意啊，罗利，你的脑子向来转得快。"

罗兰德爵士铁青着脸说："我承认现在的情况糟透了，不过我一定会把事情处理好。"

雨果不解地看着这位老朋友问道："你的意思是……"

罗兰德爵士严肃地看着两个人说："只能放手一搏了，雨果。"他顿了一下继续说，"我们现在没有退路了，但如果我们团结一致，再加上点小小的运气，我觉得还是有机会翻盘的。"

杰里米想要插嘴但被罗兰德爵士抬手制止了，他继续说道："只要警察没在这所房子里发现科斯特洛，他们就会去其他地方找他。毕竟他可以有很多理由步行离开。"他一边说，一边扬起双手补充道："我们都是有身份地位的人——正如刚才雨果说的，他是治安官，而亨利·黑尔什姆·布朗是外交部高官……"

"是的是的，你拥有德高望重的地位，这些我们都知道。"雨果的话里带着无奈,"那么好吧,既然你都这么说了,我们就只能厚颜无耻地撑下去。"

杰里米站起来望着壁炉的凹处问道:"要不我们现在就动手吧?"

"现在不是时候。"罗兰德爵士说,"他们很快就会回来,尸体放在那里比较保险。"

杰里米勉强点头同意。"我不得不承认克拉丽莎真行!连手指都没动就让警察中了圈套。"

这时门铃响了,罗兰德爵士说:"应该是皮克小姐,沃伦德,你去给她开门吧。"

杰里米刚走开,雨果就压低声音追问罗兰德爵士。

"到底是怎么回事啊,罗利?"他急切地问道,"你和克拉丽莎单独在房间里的时候她都说了些什么?"

罗兰德爵士刚准备告诉他,就听到前门传来杰里米和皮克小姐的寒暄声,于是他做了个"嘘声"的手势。

杰里米一边对皮克小姐说:"快请进来吧。"一边砰的一声关上了前门。过了一会儿,园丁率先走了进来,看上去一副匆忙梳妆的样子,头上还裹着条毛巾。

"这是怎么回事啊?"她问道,"黑尔什姆·布朗夫人在电话里说得神神秘秘的,出了什么事情吗?"

罗兰德爵士以最彬彬有礼的态度说道:"我很抱歉害您这样就赶过来,皮克小姐。"他一边表示歉意一边指着桥牌桌边一把椅子说:"请坐吧。"

雨果为皮克小姐拉出椅子,皮克小姐表示感谢后另挑了把舒适的安乐椅坐下来。罗兰德爵士告诉园丁说:"其实警察来这里了。"

"警察？"皮克小姐吃惊地打断了罗兰德爵士，"进贼了？"

"不是盗窃事件，而是……"

不过他没继续说下去，因为克拉丽莎和警督、警官回来了。杰里米依旧坐在沙发上，罗兰德爵士则站在沙发后面。

"警督，"克拉丽莎介绍道，"这位是皮克小姐。"

警督走到园丁面前，一边说"晚上好，皮克小姐"，一边稍稍欠了欠身。

"晚上好，警督。"皮克小姐答道，"我在问罗兰德爵士，这里是不是进贼了，或者发生了其他什么事？"

警督仔细地盯着她看了一小会儿才说："我们因为接到一个奇怪的电话才来这里。"他继续说道："我觉得您很可能会帮我们解决这个难题。"

第十二章

　　警督的话惹得皮克小姐开怀大笑，她说道："真不敢相信我什么时候能帮警察的忙了，不过我还是感到很高兴。"

　　警督皱皱眉头："这关系到科斯特洛先生。"他耐心地解释，"奥利弗·科斯特洛，伦敦三区摩根大厦二十七号。我觉得这应该是切尔西地区的地址吧。"

　　"从来没有听过这个名字。"皮克小姐底气十足地回答。

　　"他今晚来这里拜访了黑尔什姆·布朗夫人。"警官提醒她，"我相信是你带他从花园离开的。"

　　皮克小姐拍拍大腿。"哦，那个人啊。"她回忆道，"黑尔什姆·布朗夫人确实提到了他的名字。"她看到警官的目光中多了一丝兴趣就问道："好吧，您到底想知道什么？"

　　"我想知道……"警督故意一字一句地说道，"究竟发生了什么事情和你最后看见他的确切时间。"

　　皮克小姐努力地回想了一下："让我想想。"她说道："我们穿过落地窗，然后我告诉他有一条捷径可以搭巴士，他拒绝了，他说自己开车过来，车就停在马厩边。"

　　皮克小姐满脸堆笑地看着警督，好像希望他能称赞自己简明扼要的叙述，但他只是若有所思地问道："他怎么把车停在这么奇怪的地方？"

"啊,我也是这么想的!"皮克小姐边说边赞同地拍打警督的手臂,把警督吓了一跳,但是皮克小姐毫不在意地继续说:"你认为他应该直接开到门前?对吗?但人们有时候就是这么奇怪。你永远都想不到他们要做什么。"她爆发出一阵狂笑。

"然后呢?"警督问。

皮克小姐耸耸肩膀。"然后他去取车,我想他应该开车离开了吧。"她回答。

"你并没有亲眼看见他开车离开?"

"没有,我去收拾工具了。"园丁这样回答。

"这是你最后一次见他?"警督加重语气问。

"是的,为什么这么问?"

"因为他的车还在这里。"警督告诉她,依旧一字一句地说,"七点四十九分有人打电话到警察局,说有一个男人在科普尔斯通府被人谋杀了。"

皮克小姐露出大吃一惊的表情:"谋杀?"她惊叫道,"这里吗?简直荒谬!"

"看来每个人都很吃惊。"警督不动声色地观察着大家,特别留意了一下罗兰德爵士。

"当然了。"皮克小姐继续说,"我只知道这附近有些骚扰女人的变态,不过你刚才却说这里有人被谋杀了。"

警督打断她的话:"今晚有没有听到其他的车经过?"他粗鲁地问。

"只有黑尔什姆·布朗先生的车子。"她回答。

"黑尔什姆·布朗先生?"警官扬起眉毛问道,"我以为他会很晚才回来。"

他把目光转向克拉丽莎,后者赶忙解释:"我丈夫确实回过家,不过他很快就又出门了。"

他用一种刻意耐心的口气问:"哦,是吗?"继而又故作礼貌地评论道,"他回家的确切时间是?"

"我想想……"克拉丽莎开始结巴,"可能……应该……是……"

"应该差不多是在我下班的一刻钟前。"皮克小姐插话,"警督,我经常加班。我几乎没有准点下过班。"她又解释道:"正如我以前说过的那样,我太喜欢这里的工作啦。"她边敲打着桌面边说:"是的,黑尔什姆·布朗先生回来的时候差不多是七点十五分。"

"在科斯特洛离开后不久……"警督慢慢踱步到房间中央,不知不觉中他的态度来了个一百八十度的大转弯,"他和黑尔什姆·布朗先生很有可能互相错过了。"

"你的意思是……"皮克小姐若有所思地说,"他很有可能潜回来见黑尔什姆·布朗先生。"

"奥利弗·科斯特洛肯定没有再回来!"克拉丽莎愤怒地打断了她的话。

"但你不能绝对肯定,黑尔什姆·布朗夫人。"园丁反驳她,"他有可能没有惊动你,穿过窗子偷偷进来。"她停顿了一下,继续说:"天哪!你不认为他谋杀了黑尔什姆·布朗先生吗?真让人同情。"

"亨利怎么会被杀!"克拉丽莎厉声斥责。

"如果你的丈夫已经离开的话,他会去哪里?"警督问她。

"我不知道。"克拉丽莎简短地答道。

"他都不会告诉你他去哪里吗?"警督坚持问。

"我从来不问他。"克拉丽莎告诉他,"我认为对一个男人而言，自己的老婆总是问东问西简直无聊透顶。"

皮克小姐突然吼道："我太愚蠢了。"她大喊，"当然了，如果那个男人的车还在这里的话，那他才是谋杀案的受害者。"她放声大笑。

罗兰德爵士站了起来。"我们没有任何理由相信有人被谋杀，皮克小姐。"他神气十足地责备她，"其实，警督他们都相信整件事就是愚蠢的恶作剧而已。"

皮克小姐显然持不同意见："但是别忘了那辆车。"她固执己见，"我仍然认为车还停在这里很可疑。"她站起来靠近警督。

"你看到尸体了吗？警督先生？"她急切地问。

"警督已经搜查了整间屋子。"罗兰德爵士在警督有机会开口前抢先说道。可皮克小姐拍打着警督的肩膀继续发表她的意见。

"这一定跟埃尔金夫妇有什么关系，就是管家和他假冒厨师的老婆。"园丁自信地向警督举报道。

"我已经怀疑他们很长时间了。我刚刚过来的时候看见他们的卧室亮着一盏灯。他们今晚外出了，通常要十一点才回来。"她抓住警督的胳膊。

"你搜查过他们的房间吗？"她焦急地问。

警督刚要开口说话，皮克小姐重重地拍了一下他的肩膀打断了他。

"现在听着。"她又重新开腔，"假设科斯特洛认为埃尔金有前科。科斯特洛可能会决定回来警告黑尔什姆·布朗先生小心这个人，于是埃尔金袭击了他。"

看起来皮克小姐对自己的推论非常满意，她飞快地扫了一眼屋内，继续说："然后，当然埃尔金必须非常快速地把尸体隐藏起来，以便到晚上处理掉它。现在我想知道他会把尸体藏在哪里呢?"她慷慨激昂地问,越发来劲了,边指向落地窗边说:"藏在窗帘后面或者——"

她的话被愤怒的克拉丽莎打断:"哦,适可而止吧,皮克小姐!窗帘后面怎么会有尸体!我敢肯定埃尔金绝对不会谋杀任何人,简直太可笑了。"

皮克小姐转过身。"你太容易轻信人啦,黑尔什姆·布朗夫人。"她告诫自己的主人道:"等你到了我这个年纪,你就会明白知人知面不知心是怎么回事了。"她回转向警督放声大笑。

警督再次张开嘴想说点什么的时候,皮克小姐又重重拍打了一下他的肩膀:"那么,像埃尔金那样的男人会把尸体藏在哪里呢?我猜这里和图书室之间的壁橱你已经检查过了吧?"

罗兰德爵士匆忙插话道:"皮克小姐,警督已经检查了壁橱和图书室。"

警督意味深长地看了一眼罗兰德爵士,又转身问园丁:"皮克小姐,那个'壁橱'到底在哪里?"

房间里的其他人都不由得紧张起来,当皮克小姐回答道:"哦,你玩捉迷藏的时候,那是一个绝佳的地方。你绝对想不到在哪里,我来指给你看!"

她直奔夹壁墙的门,身后跟着警督。杰里米一下子站了起来,与此同时克拉丽莎激动地大喊:"住手!"

警督和皮克小姐转身看向克拉丽莎。"那里是空的。"克拉丽莎告诉他们,"我之所以知道,是因为就在刚才我从那里进入图书室。"她的声音越来越轻。

皮克小姐听起来有点失望,嘀咕道:"哦,那样的话就算了吧。"她刚准备转身离开,就被警督叫住了。"还是打开看看吧,皮克小姐。"他命令道,"我想看看。"

皮克小姐走到书架前。"原来这里是一扇门。"她解释道，"和另外一扇对称。"她边解释边拉动拉杆，"你把这个拉杆拉回来，门就开了。看到了吗？"

门缓缓打开，科斯特洛的尸体慢慢滑下来向前倒下。皮克小姐大声尖叫。

"所以……"警督严厉地看着克拉丽莎，"你错了，黑尔什姆·布朗夫人。显而易见，今晚确实有一桩谋杀案。"

皮克小姐的尖叫声越来越大。

第十三章

十分钟过后,屋里终于归于平静,因为皮克小姐被扶了出去,而且雨果和杰里米因为扶人也没有待在屋里。只有奥利弗·科斯特洛的尸体仍然摊在大敞着门的夹壁墙那里。克拉丽莎四肢平摊在沙发上,罗兰德爵士坐在她身旁,拿着一杯白兰地一点点喂她。警督正在打电话,琼斯警官则警惕地盯着他们。

"是,是。"警督说。

"发生了什么?肇事逃逸?在哪里?是,好的,赶快将他们送过来。是的,我们需要现场照片。是,想尽办法送过来。"

他放好话筒,走到警官身边抱怨道:"真是祸不单行啊!"

"刚才还风平浪静的,现在分区的外科医生在伦敦路出了严重车祸。估计他们会拖相当长一段时间。但是我们还要在法医赶到前继续调查案件。"他指向尸体。"在法医过来拍照之前我们最好不要移动他。"他建议道,"倒不是说这会为我们提供什么有价值的线索。那里不是凶案现场,尸体是后来搬过来的。"

"您怎么这么肯定,先生?"警官问。

警督低头看向地毯。"你可以看到他的脚被拖拽的痕迹。"他蹲在沙发后面指给同事看。警官单膝跪在他身旁仔细端详。

罗兰德爵士一直盯着沙发后面,然后转过来问克拉丽莎:"现在你感觉怎么样?"

"好多了,谢谢,罗利。"她略带虚弱地回复。

两名警官站了起来。"或许我们应该关上那扇暗门。"警督吩咐他的同事,"我们绝对不想再看到把谁吓坏了。"

"遵命,长官!"警官回答并关上夹壁墙的门,确保尸体不再被看到。同时罗兰德爵士从沙发旁站起来对警督说道:"黑尔什姆·布朗夫人吓坏了,我想她可能需要去房间休息一下。"

警督用礼貌而略带一点儿冷漠的语气说:"好吧,先生,但现在不行,我想先问这位女士几个问题。"

罗兰德爵士不打算让步:"她现在真的不适合回答问题。"

"我没事,罗利。"克拉丽莎略带虚弱地插话,"真的,我撑得住。"

罗兰德爵士不动声色,语气里却带一点儿警告的意味。"你很勇敢,亲爱的。"他说,"但是我真的觉得你应该去房间休息一下。"

"亲爱的罗利叔叔。"克拉丽莎微笑着朝警督说,"有些时候我称呼他罗利叔叔,尽管他是我的监护人,但并不是血缘上的亲叔叔。一直以来他真的对我很好。"

"是的,我看得出来。"警督冷漠地说。

"您可以问我任何问题,警督先生。"克拉丽莎亲切地继续说,"虽然我并不认为我可以帮到您,很抱歉,我对于这一切一无所知。"

罗兰德爵士长叹一声,微微摇摇头转过脸去。

"我们不会叨扰您很久,夫人。"警督向她保证。他走过去打开图书室的门,转向罗兰德爵士:"现在您可以去图书室和其他的绅士们待在一起吗,先生?"他彬彬有礼地建议。

"我想我最好留在这里,万一——"罗兰德爵士刚一开口说话就被警督打断了,他用更加坚定的口气冲爵士说:"如果有必要,我会叫您过来的,先生。现在请到图书室去,谢谢合作!"

经过短暂的眼神交战,罗兰德爵士落了下风,他一言不发地走进图书室。警督在他身后关上门,然后一声不吭地示意警官坐下来做笔录。克拉丽莎把脚从沙发上放下后站起来,与此同时,琼斯警官拿出他的笔记本和铅笔。

"现在,黑尔什姆·布朗夫人,"警督开口,"如果您已经准备好,那我们就开始吧。"他从沙发旁边的桌上拿起香烟盒打开,审视着里面的香烟。

"亲爱的罗利叔叔,他总是想为我遮挡所有的风雨。"克拉丽莎带着迷人的微笑告诉警督。接着,当看到他正在摆弄香烟盒时,她的笑容仿佛一下子就凝固了,人也变得焦躁起来。"您是不是打算逼供呢?"她故作轻松地开了个玩笑。

"绝对不会,夫人,我向您保证。"警督说,"仅仅是几个简单的问题而已。"他冲着警官问:"你准备好了吗,琼斯?"他从桥牌桌下拖出一把椅子,面对克拉丽莎坐下。

"准备好了,长官!"琼斯警官回答道。

"非常好,现在,黑尔什姆·布朗夫人。"警督开口,"你说你完全不知道夹壁墙里有一具尸体?"

当克拉丽莎瞪大双眼回答的时候,警官先生开始做笔录。"不,当然不知道,太可怕了。"她颤抖着说,"可怕到了极点。"

警督疑惑地看着她。"那我们搜查房间的时候,"他问,"为什么不提醒我们检查夹壁墙?"

克拉丽莎忽闪着大眼睛,天真烂漫地面对着他审视的目光。"你知道吗?"她说,"我压根儿就没有想到那里。你看,我们从来就没有用过那堵夹壁墙,所以我脑子里面根本不会有这个念头。"

警督抓住这句话。"但是你刚才说……"他提醒她,"你刚刚说你从那里进入图书室。"

"哦,不。"克拉丽莎飞快地回应,"您肯定是误解了。"她指向图书室的门。"我刚才是说,我是通过那扇门进入图书室的。"

"是的,我刚刚肯定是理解错了。"警督严肃地说,现在,让我们至少搞明白这一点。你说你压根儿就不知道科斯特洛返回屋子,或者他为什么会回来?"

"对,我完全想不到。"克拉丽莎回答,她的声音无辜而又坦率。

"但事实是,他的确回来了。"警督坚持道。

"是的,当然,我们现在都知道了。"

"恩,那他肯定有他回来的理由。"警督指出。

"可能吧。"克拉丽莎表示同意,"但是我怎么也想不出这理由会是什么。"

警督低头沉思了一会儿,准备尝试另外一种方式,他说道:"你认为他有没有可能回来见您丈夫?"

"哦,不会。"克拉丽莎迅速回答,"肯定不会,亨利和他相处不来,互相看不顺眼。"

"哦!"警督高声说,"他们从来不喜欢对方。我之前没有意识到这一点。他们之间有过冲突吗?"

克拉丽莎再次迅速回答,以便阻止新的具有潜在危险的问询。"没有。"她向警督保证,"他们从来没有争吵过,亨利只是看不惯他对鞋子太不讲究了。"她咯咯笑着,"你也知道人有些时候就是对一些奇怪的小细节耿耿于怀。"

警督的表情显示他根本不关心这些毫无意义的蠢事。"你真的那么肯定科斯特洛返回这里是为了见你?"他再次问道。

"我?"克拉丽莎天真地回应,"哦,不,他肯定不想见我。他到底是为了什么回来的呢?"

警督深吸一口气。然后,他故意慢慢地问:"这房子里还有什么人是他可能想回来见的?请想好后再答复我。"

克拉丽莎再次用天真无辜的眼神看着他。"我真的没头绪啊。"她坚持说,"我还想问他想见谁呢。"

警督站起来,把椅子放回到桥牌桌下,慢慢地在房间踱步并开始推理。"科斯特洛来到这里。"他说话很缓慢,"来还前任黑尔什姆·布朗夫人从你丈夫这里误拿的东西。然后他告辞离开了。但是不久他又返回了屋子。"

他走到落地窗前。"有可能他是从这些落地窗进来的。"他指着窗户继续说,"他被谋杀,尸体被搬进夹壁墙。这一切可能只花了十到二十分钟的时间。"

他转身面对着克拉丽莎:"真没人听到什么声音吗?"他提高声调说,"我不相信!"

"您的想法我也感同身受。"克拉丽莎点点头,"我也觉得很难相信。真不可思议啊,对吧?"

"当然。"警督表示赞同,但口气显然讽刺意味十足,他最后一次努力尝试问点什么出来:"黑尔什姆·布朗夫人,你确定真的什么都没有听到?"他带着威胁的口气问道。

"我真的什么都没有听到。"她回答,"确实难以置信。"

"简直太难以置信了。"警督生硬地答道。他停顿了一下,然后走过去打开客厅门。"好吧,现在暂且这样,黑尔什姆·布朗夫人。"

克拉丽莎站起来,疾步向图书室的门走去,但被警督拦下来。

"不是那边,这边请。"他指向前厅门,然后带她过去。

"但是我觉得,我应该和其他人待在一起!"她抗议道。

"等一下就可以见到他们,如果你不介意的话。"警督很不客气地说。

克拉丽莎只能怏怏地通过前厅门走了出去。

第十四章

警督关掉克拉丽莎身后的前厅门,然后走到还在做笔录的琼斯警官旁边问道:"另外一个女人在哪儿?就是那个园丁,叫……皮克小姐的。"

"我把她搁在一个空房间的床上呢。"警官说,"只能等她从神经错乱里醒过来。我真是倒了八辈子霉咧,这婆娘一会儿哭一会儿笑,吓死人啊。"

"可以允许黑尔什姆·布朗夫人和她谈话。"警督嘱咐说,"但不允许她和另外三个男的串供,别弄得我们找不出破绽来,这也许就是解决问题的线索。我要你现在就去把图书室和前厅之间的门锁上。"

"知道啦,长官。"警官说道,"我拿着钥匙呢。"

"我现在为这事儿头疼死了,"警督向他的搭档坦白,"他们都是些有头有脸的人物,黑尔什姆·布朗是外交官,雨果·伯奇是本地无人不识的治安官,另外两个客人也像是上流阶层的人物……好吧,相信你已经明白我的意思了吧……但这里肯定有隐情,他们都对我们隐藏了什么事情,包括那位黑尔什姆·布朗夫人。他们越想隐瞒,我就越想搞清楚里面的把戏。这件事情可能和杀人事件没有直接的关系。"

他说着把头埋进两臂之间,仿佛这样就能找到什么灵感。过了片刻他对警官说道:"好了,我们开工吧,把他们一个一个找来单独问话。"

可当警官站起来的时候,警督却改变了主意:"等一下,我要先和那个管家谈谈。"

"是那个埃尔金吗?"

"没错,叫埃尔金过来,就说我有话问他。"

"遵命,长官!"警官答道。

刚一出房间警官就发现埃尔金在客厅门口晃来晃去,管家给自己跑到楼梯口那里探头探脑地张望找了个还算合理的借口,看见警官叫他就一脸紧张地进到客厅里站好。

警官关好前厅门,回到他做笔记的座位上,而警督则指着桥牌桌旁的椅子示意埃尔金坐下。

埃尔金没敢坐下,就那么站着和警督交谈。"现在你被卷了进来。"警督用警告的口吻对管家说,"你为什么半途跑回来了呢?"

"这个我和您说过,先生。"埃尔金答道,"我太太身体不舒服。"

警督盯着他问:"科斯特洛到这里敲门后是你带他进来的,是不是?"

"是的,先生。"

警督背朝着埃尔金走了几步,猛地转过身来质问道:"为什么你刚才不交代科斯特洛先生的车在外面?"

"我不知道那是谁的车,先生。科斯特洛先生没有把车开到前门,我甚至不知道他是开车来的。"

"你不是说觉得奇怪吗?有人把车停在马厩旁边?"警督提醒道。

"嗯,是的,先生,这只不过是我的推测。"管家说,"但我觉得他那样做应该有他的原因吧。"

"你到底想说什么?"警督步步进逼。

"没什么,先生。"埃尔金回道,他的声音却越来越低,"我真的什么也不知道。"

"你以前见过科斯特洛先生吗?"警督突然用尖锐的声音逼问道。

"从来没有,先生!"埃尔金急忙向他保证。

警督换了一种意味深长的语调问道:"你今晚提前回来是不是因为你知道科斯特洛先生会出现在这里?"

"我已经告诉你了,先生,"埃尔金无力地辩解道,"是因为我的太太——"

"我可不想再听有关你太太的情况。"警督毫不留情地打断他,并拉开与埃尔金的距离继续问道,"你为黑尔什姆·布朗夫人工作多久了?"

"六个星期,先生。"埃尔金答道。

警督转过头问道:"你来这里之前是做什么的?"

"我……我休息了一段时间。"管家的语调十分不安。

"休息了一段时间?"警督重复了他的话,话音里带着疑虑,故意停顿之后他威吓道:"你心里很清楚,在这桩麻烦事里,我们会仔细调查你的来历。"

埃尔金几乎跳了起来。"知道的我都说了……"他欲言又止,重新坐了回去。"我……我不想欺骗您,先生。"他继续说,"我没做坏事,我的意思是,我已经与过去彻底决裂了,我想永远忘记……"

"所以你对自己的过去进行了一些掩饰。"警督没给他说下去的机会,"然后靠着这个混进这里,我说错了吗?"

"我没有想害谁。"埃尔金辩解道,"我必须挣钱养活自己——"

警督再次打断他的话说:"目前我对某人被篡改的过去不感兴趣。"他提醒管家,"我只想知道今晚在这里发生了什么,还有就是你所知道的关于科斯特洛先生的所有事情。"

"我以前从来没有注意过他。"埃尔金一边看着前厅的门一边说道,"不过我知道他来这里的目的。"

"哦,什么目的?"警督摆出一副颇有兴趣的表情。

"勒索。"埃尔金说道,"他好像抓住了她的什么把柄。"

"你刚才提到的这个'她'……"警督说道,"我猜应该是黑尔什姆·布朗夫人吧。"

"没错。"埃尔金急切地说,"我过来问夫人是否需要什么的时候,不小心听到了他们的谈话。"

"你听到了什么?"

"我听到她说'你这是敲诈,我不吃你那一套'。"埃尔金拿腔拿调地模仿着克拉丽莎的话音。

"嗯!"警督不置可否地回道,"就这些?"

"就这些。"埃尔金点头说,"我进来问他们需要什么的时候他们就没说下去,一直到我出去为止他们都没有再交谈。"

"我知道了。"警督说完后就一言不发地盯着管家,等他再次开口。

埃尔金再次从椅子里跳起来,低声下气苦苦哀求道:"您不会为难我吧,先生,求求您了,我已经活得够艰难的了,您可不能落井下石啊。"

警督又狠狠地盯了他一会儿,然后断然说道:"我知道该怎么做，你出去吧。"

"遵命，先生。谢谢您。"埃尔金赶紧回答，并疾步退出客厅。

警督等埃尔金出去之后和警官颇有深意地互相望了一眼，小声嘀咕道："勒索，真有意思。"

"黑尔什姆·布朗夫人可真是个大美人啊。"琼斯警官从一个男人的本能角度发出由衷的赞叹。

"当然，那还用你说。"警督不由得怔怔地思考了一会儿，然后下令道："现在我要和伯奇先生谈谈。"警官走到图书室门口说："伯奇先生，请您来一下。"

脸上带着抵触表情的雨果不情不愿地站在图书室门口，警官替他关上门后回到桌边开始记录，这时警督才友善地向雨果打招呼说："进来，伯奇先生，请坐在这里。"

雨果坐定后，警督继续说："这可真是让我们大家都不开心的一件事啊，相信您应该能提供些情况吧？"

带着怒火的雨果把眼镜盒拍在桌子上说："无可奉告。"

"无可奉告？"警督带着一脸的惊讶问道。

"你想要我说什么？"雨果怒不可遏，"一个倒霉的女人打开了一堵倒霉的夹壁墙，里面掉出具倒霉的死尸。"他无奈而恼怒："简直就是晴天霹雳！我到现在还没缓过劲儿来！"接着他恶狠狠地盯着警督说："别再啰里啰唆地问我知道什么了，因为我什么都不知道！"

警督默默地和雨果对视了一段时间才开口说道："这就是您的回答是吗？就是说您什么都不知道。"

"我现在告诉你，"雨果瞪着眼睛说，"我没有杀那个家伙。我甚至都不知道他是谁。"

"你不认识他。"警督沉声说，"很好！我没说你认识他，也没说你杀了他,但我根本就不相信你刚才说的'无可奉告'。所以现在让我们一起来找找看你知道什么。首先,你听说过死者的事情,不是吗?"

"是的。"雨果打断他的话,"我听说他是一个让人生厌的货色。"

"他怎么让人生厌了?"警督的态度波澜不惊。

"哦,我怎么知道。"雨果大声说,"他就是那种会勾搭女人的废物花花公子,除此之外我什么都不知道。"

又是一阵沉默之后,警督认真地问道:"您知道他返回这里的原因吗?"

"毫无头绪。"雨果答道。

警督在房间里缓缓地踱步片刻,突然转身盯着雨果问道:"科斯特洛先生是否和黑尔什姆·布朗夫人有什么瓜葛呢?"

雨果仿佛是被开水烫了似的反问:"克拉丽莎吗?老天爷,那么纯洁的女孩子!你脑子没事吧,她和这个人渣估计还没见过两次面。"

警督顿时有点语塞,停顿了好一会儿才问道:"看样子您没法提供有用的信息。"

"抱歉,我知道的就这些了。"雨果装出一副淡然的样子答道。

警督企图最后一次努力从雨果身上榨出一点头绪,直接问道:"您真不知道夹壁墙里尸体的事情吗?"

"我当然不知道。"雨果的口气里带着一种好像被侮辱了的懊恼答道。

警督从雨果身上移开目光说道:"谢谢您的合作,先生。"

"你说什么?"雨果觉得有点奇怪地问道。

"没什么,谢谢您给出的答案,先生。"警督又说了一遍,同时从书桌上拿起一本红色的书。

雨果站起来拿起眼镜盒就向图书室门口走去,却被警官拦住了去路,雨果转而走向落地窗,不料警官说道:"伯奇先生,请从前厅的门出去。"雨果带着怒火开门而去,警官替他关上了门。

警督把手里厚厚的红皮书放在桥牌桌上一边仔细阅读,一边在警官坐下的时候带着讽刺的语调说:"伯奇先生提供的线索可真丰富啊,不是吗?你要记得,作为一个治安官被卷入一起谋杀案可真糟透了。"

警督开始大声朗读书上的文字:"德拉哈耶,罗兰德·爱德华·马克先生,高级巴思勋爵士,皇家维多利亚勋章获得者……"

"您从哪儿弄到的?"警官一边问一边从警督的肩膀上望过去,"哦,原来是《绅士名录》啊。"

警督继续念道:"就读于伊顿……威廉姆斯学院……哦!隶属外交部……二等秘书……马德里……全权代表。"

"妈呀!"警官不由得喊了出来。

警督恼怒地瞪了他一眼,继续读道:"君士坦丁堡……外交部……特别委员会……俱乐部……布德鲁兹……白人。"

"长官,您要叫他过来?"警官问道。

警督犹豫了一下:"现在还不到时候。"他心里有了主意,"他是这群人里最值得回味的,所以先放一放,最后再找他。现在让我们来会会年轻的沃伦德先生吧。"

第十五章

琼斯警官站在图书室门口说:"沃伦德先生,请过来。"

杰里米走进来,虽然尽力装出一副泰然自若的样子,但隐约还是透露出几分忐忑。警官关上门回到自己的座位上坐好,警督则半站起身,从桥牌桌下为杰里米拉出一把椅子。

"请坐!"警督自己先坐下来,用极其生硬的口气命令道。杰里米屁股刚刚坐定,警督立即开始提问:"姓名?"

"杰里米·沃伦德。"

"住址?"

"格罗夫纳广场三十四号,百老汇大街三百四十号。"杰里米压着愤怒用尽量平静的口气回答他,同时瞥了一眼正在做笔录的警官,补充道,"乡下地址是威尔特郡的赫普尔斯通。"

"听起来你好像是位财力雄厚的绅士。"警督带着讥讽说道。

"并非如此。"杰里米微笑地承认,"我只不过是萨克森阿拉伯石油公司主席肯尼思·汤姆森爵士的私人秘书,这些都是他的地址。"

警督点点头:"我知道了,你做他的秘书多长时间了?"

"大约一年。在这之前,我做了四年史蒂夫·阿吉斯先生的私人助理。"

"哦,是的。"警督说,"他是城里有名的富商,对吗?"他停下来思索了一下然后问:"你认识奥利弗·科斯特洛吗?"

"不,在今晚之前我从来没有听过这个名字。"杰里米告诉他。

"他早先来到这里时你有没有看见他?"警督继续追问。

"没有。"杰里米回答他,"我跟其他人一起去了高尔夫俱乐部。我们在那里吃晚餐。今天是仆人们的休息日,伯奇先生邀请我们去俱乐部用餐。"

警督再次点点头,停顿了一下问道:"黑尔什姆·布朗太太也在受邀之列?"

"不,她没被邀请。"杰里米说。

警督扬起眉毛疑惑地看着他,他急忙解释:"是这样的,如果她想去随时都可以。"

"你的意思是……"警督追问道,"当时也邀请了她,但是她拒绝了?"

"不,不。"杰里米急匆匆地回答,听得出来他很慌乱,"我的意思是,黑尔什姆·布朗先生下班回到家通常都很累了,克拉丽莎说他们会像往常一样享用便餐。"

警督丝毫不掩饰他怀疑的态度:"让我整理一下。"他厉声说,"黑尔什姆·布朗太太想跟丈夫在家里吃晚餐?她压根儿就不知道自己的丈夫回家后会很快出门?"

杰里米现在惊慌失措。"呃,呃,呃,我是真的不知道。"他结结巴巴地回答。"不,既然你提到了,我相信之前她肯定说过布朗先生今晚会外出。"

警督站起来,离开杰里米走了几步。"那就奇怪了。"他说,"黑尔什姆·布朗夫人晚上居然不跟你们三位一起去俱乐部共进晚餐,反而要留在这里独自用餐。"

杰里米转动椅子面向警督。"好……好吧。"他磕磕巴巴地开口，然后突然灵机一动，快速地说，"我的意思是，是因为孩子，就是皮帕，你知道。克拉丽莎绝对不会把孩子单独留在家里。"

"或者可能……"警督意味深长地暗示道，"或许那时候她正计划要接待客人？"

杰里米一下子站起来。"要我说，这个猜测简直糟糕透顶。"他大发雷霆地喊，"这根本是瞎说。我相信她肯定不会计划见那个人。"

"但奥利弗·科斯特洛来这里肯定是跟某人见面的。"警督指出，"两个仆人整晚外出。皮克小姐有自己的小屋。来这里除了见黑尔什姆·布朗太太不会再有第二个人。"

"我只能说……"杰里米话说了一半，然后在转身离开的当口又有气无力地说，"好吧，你最好自己问她。"

"我已经问过她了。"警督告诉他。"她怎么说？"杰里米紧张地问，转过身来紧紧盯住警督的脸。

"和你说的差不多啊。"警督圆滑地回答。

杰里米又重新坐在桥牌桌边说道："你看，我说对了吧。"

警督在屋里慢慢转圈，他看着地上，陷入深思。然后他转身面对杰里米。"现在告诉我。"他问，"为什么你们会从俱乐部回来？这是你们原来的计划吗？"

"是。"杰里米回答，但马上改口，"我的意思是，不是。"

"你到底想说什么，先生？"警督波澜不惊地问。

杰里米深吸一口气。"好吧，"他说，"事情是这样的。我们一起去了俱乐部。因为今晚是便餐，罗兰德爵士和老雨果直接去了餐厅，我是稍后过去的。我打了会儿高尔夫球直到天色变暗，然后，有人说'有人要打桥牌吗？'，然后我说，'好啊，为什么我们不回黑尔什姆·布朗先生的家呢？那里更舒适，要不去那里玩?'然后我们就回来了。"

"我知道了。"警督说,"所以这是你的主意?"

杰里米耸了耸肩。"我真的不知道是谁先提议的。"他承认,"我想可能是雨果·伯奇。"

"你们什么时间回来的?"

杰里米回想了一下,然后摇摇头。"我说不出准确的时间了。"他咕哝道,"可能是快八点的时候离开的俱乐部。"

"这是怎么回事?"警督质疑道,"只有五分钟的步行路程吗?"

"是的,差不多。高尔夫球场就在这个花园旁边。"杰里米一边回答一边透过窗子望出去。

警督走到桥牌桌前,低头看看桌上的牌。"然后你们打了桥牌?"

"是的。"杰里米确认。

警督慢慢点点头:"那你们应该比我先到二十分钟。"他绕着桌子漫不经心地转圈,"你们并没有时间玩完两局桥牌,然后……"他举起克拉丽莎的记分本给杰里米看,"这是第三局的开头吧?"

"什么?"杰里米云里雾里,停顿了一下很快开口,"哦,不,不,第一局是昨天的分数。"

警督指着其他的记分若有所思地说:"只有一个人有分数。"

"是的。"杰里米点点头,"恐怕其他人都懒得计分。所有的分数都是克拉丽莎记下的。"

警督走到沙发前:"你之前知道房间和图书室之间有通道吗?"

"您是指尸体被发现的地方?"

"没错。"

"不，不，我真不知道。"杰里米斩钉截铁地回答。"做得很巧妙，不是吗？没人会猜到居然在那里有夹壁墙。"

警督坐在沙发扶手上，靠在沙发背上，拿起一个坐垫。他发现了藏在坐垫下的手套。他表情严肃却轻声说："那么，沃伦德先生，你真不知道夹壁墙里有具尸体吗？"

杰里米转过身。"真让我大吃一惊。"他回答，"那场景太恐怖了，我简直不敢相信我的双眼。"

杰里米说这些话的时候，警督一直在整理沙发上的手套。他魔术般地举起其中的一双说道："顺便问一下，沃伦德先生，这手套是你的吗？"他出其不意地问道。

杰里米转向警督："不是……我的意思是，是我的。"他犹犹豫豫地回答。

"我警告你先生，请说清楚到底'是'还是'不是'！"

"是的，我想这是我的手套。"

"你从高尔夫俱乐部回来的时候戴手套了吗？"

"是的。"杰里米回忆道，"我想起来了。是的，我那时候戴着手套。今晚略有些寒意。"

警督从沙发扶手上站起来，靠近杰里米。"我想你弄错了，先生。"他指着手套上的缩写说，"手套内侧有黑尔什姆·布朗先生的姓名缩写。"

杰里米目光镇静地答道："哦，很有趣，我有双一模一样的。"

警督回到沙发前，重新坐在扶手上，变出第二双。"也许这双是你的？"他提醒杰里米。

杰里米大笑起来。"你可诓不了我第二次。"他回答说，"毕竟这双和刚才那双一模一样。"

警督拿出第三双手套。"三双手套。"他一边嘀咕一边仔细检查它们,"所有的手套内侧都有黑尔什姆·布朗的缩写,真奇怪。"

"呃,毕竟这里是他家。"杰里米提醒道,"为什么不能放三双手套呢?"

"唯一让我感兴趣的是……"警督质问他,"你居然认为有一双是你的。但我认为你的手套现在应该在你的口袋内。"

杰里米把手伸进右侧口袋。

"不,另一侧。"警督说。

杰里米从左侧衣袋拿出手套,大声说:"哦,是的,是的,原来在这里。"

"可是它们看起来跟这些手套不一样啊,不是吗?"警督尖锐地问。

"当然了,这是我的高尔夫手套。"杰里米面带微笑地回答。

"谢谢你,沃伦德先生。"警督突然轻蔑地说,轻轻拍打下垫子放回沙发上,"应该只有这么多手套。"

杰里米站起来,看起来有点心烦意乱。"要是这么说的话,"他说,"您不觉得……"他突然停下来。

"我觉得什么,先生?"警督问。

"没什么。"杰里米含混地回答。他停了一下,然后走向图书室门,却被警官给截住了。他转身回头看看警督,面带疑惑地指向前厅门。

警督点点头,杰里米走出房间,关上前厅门。

警督把手套扔在沙发上,走过来坐在桥牌桌前,然后重新翻看《绅士名录》。"有了!"他不由得喊了出来,然后开始大声朗读,"'汤姆森,肯尼思爵士。萨克森阿拉伯石油公司主席,海湾石油公司。'真让人吃惊啊!'爱好:集邮,高尔夫,钓鱼。地址,格罗夫纳广场三十号,百老汇大街三百四十号。'"

就在警督读《绅士名录》的时候,琼斯警官穿过沙发走到桌前,开始削铅笔,并把木屑放进烟灰缸内。有一些碎屑掉在地板上,警官弯腰去捡的时候,看到地板上有一张桥牌,他捡起来放在桌上,摆在他上司的面前。

"你捡到了什么?"警督问。

"只是一张牌,先生。就在沙发底下。"警官捡起那张牌。"是黑桃A。"警督不由得睁大眼睛,"等一下!这可真是张非常有趣的牌。"他把牌翻过来:"红色。都是同样的背面图案。"他拿起剩下的那些红色背面图案的牌,全部摊开在桥牌桌上。

警官帮他把牌按花色分好。"好吧,没有黑桃A。"警督高声说。他从椅子上站起来,"现在,这可太不同寻常了,琼斯,你不觉得吗?"他问,把黑桃A放进自己的口袋,走过沙发:"他们在没有黑桃A的情况下打完了桥牌!"

"确实太不同寻常了,先生。"琼斯警官边整理扑克牌边回答。

警督从沙发上拿起三双手套。"现在我们应该会会罗兰德·德拉哈耶爵士了。"他把手套一副副摆到桥牌桌上,吩咐警官道。

第十六章

警官打开图书室的门高声喊道:"罗兰德·德拉哈耶爵士。"

罗兰德爵士在门口犹豫了一下,警督说道:"请进来先生,请来这里就座。"

罗兰德爵士靠近桥牌桌前不由得愣了一下,因为他看到那几副手套摆在上面,镇定下来之后他坐在椅子上。

"您是罗兰德·德拉哈耶爵士?"警督一副公事公办的表情问道,罗兰德爵士严肃地点点头。他继续问道:"请问您住在哪里?"

"长围场,利特尔维奇,林肯郡。"罗兰德爵士一边回答一边用手指了下《绅士名录》问道:"警督,您没找到我的地址吗?"

警督对这番抢白装作听不见,继续问道:"如果您允许的话,现在请您说说今天晚上你在七点不到离开这里后做了哪些事情吧。"

罗兰德爵士显得胸有成竹地说:"整天都在下雨。"他的口气里带着毋庸置疑的气势,"突然天晴了。我们本来就计划好要在高尔夫俱乐部吃晚饭,因为今天是仆人们的休息日。然后我就去吃饭。"说到这里他看了警官一眼,仿佛是在确认对方是否在听,然后继续说道:"就在晚餐结束的时候,黑尔什姆·布朗夫人站起来提议说,因为她的丈夫有事出门,我们三个人正好可以来这里打桥牌。我没意见,所以大约二十分钟后我们开始玩牌。之后您就来了,相信发生了什么就不用我说了吧。"

警督摆出一副苦思不得其解的脸孔说:"怎么回事呢,沃伦德先生不是这么描述的。"

罗兰德爵士问道:"是真的吗?他怎么说的?"

"他说,提议回到这里玩桥牌的人是你们三位中的一个,很可能是伯奇先生。"

"啊。"罗兰爵士故作轻松地答道,"可是你看,沃伦德是最晚回到餐厅的人,他连黑尔什姆·布朗夫人来过都不知道。"

罗兰德爵士和警督长时间地互相盯着对方,仿佛是在暗暗较劲,最后罗兰德爵士开口说道:"相信您比我更清楚,即便是针对同一件事情进行描述,两个人也会多少有点出入。事实上如果我们三个人说法完全一致的话,要是我反而会怀疑,而且是大疑特疑。"

警督还是装作没听见,走到罗兰德爵士身边拉过一把椅子坐下说:"我想和您好好讨论讨论这个案子,先生,如果您允许的话。"

"只要你乐意就说吧,警督。"罗兰德爵士答道。

沉默地盯着桌子看了几秒之后,警督发话了:"死者奥利弗·科斯特洛先生回到这所房子,肯定是出于什么目的。"停顿一下后,他询问道:"您肯定同意这个观点吧,先生?"

"我的理解是,他送回了本该属于亨利·黑尔什姆·布朗先生的某些东西,这些东西是先前那位米兰达·黑尔什姆·布朗夫人离开这里的时候错拿走的。"罗兰德爵士答道。

"这只不过是他的借口,先生。"警督说道,"虽然我还没有足够的证据,但我确信他来这里的真正目的不是为了还东西。"

罗兰德爵士耸了耸肩:"也许你说对了,我也说不准。"

警督用手势打断他的话说:"他到这里的目的也许是要见个人,或许是你,或许是沃伦德先生,也不排除是雨果先生。"

"如果他想见的是本地名流伯奇先生的话……"罗兰德爵士指出他的漏洞,"直接去伯奇先生家就可以了,怎么会来这里。"

"你说得很有道理。"警督同意,"因此,我们的怀疑对象可以减少到四人。您、沃伦德先生、黑尔什姆·布朗先生和黑尔什姆·布朗夫人。"说到这里警督故意问罗兰德爵士:"现在问您一个问题,先生,您和奥利弗·科斯特洛先生很熟吗?"

"根本不熟,我最多和他见过一两次面而已。"

"您在哪里见的他?"警督问道。

罗兰德爵士答道:"两次在伦敦黑尔什姆·布朗夫妇家,我记得另一次是一年多前在一个餐厅里。"

"只因为这样你就没有理由杀他了吗?"

"您这是在指控我吗,警督先生?"罗兰德爵士面带微笑地答道。

警督摇摇头解释说:"不,罗兰德爵士,警界行话叫排除法。我不认为你有任何动机去杀害奥利弗·科斯特洛。所以只剩下三个嫌疑人。"

"您的话听起来越来越像是'无人生还'的升级版。"罗兰德爵士笑着说。

警督有点尴尬地笑了笑说道:"我们接下来讨论沃伦德,现在请告诉我,您和他很熟悉吗?"

"两天前我才第一次遇见他。"罗兰德爵士回答道,"他似乎是个开朗的年轻人,出身高贵又受过良好的教育。他是克拉丽莎的朋友。我对他一无所知,但我敢说他不可能是凶手。"

"关于沃伦德先生就先这样吧。"警督说道,"我们来讨论下一个问题。"

罗兰德爵士早有预料地点点头:"您肯定想问我是怎么认识亨利·黑尔什姆·布朗先生和黑尔什姆·布朗夫人的吧,对吗?"他反问道。"其实我和亨利·黑尔什姆·布朗是老朋友,我很了解他。至于克拉丽莎,我知道她的一切,因为她是我的被监护人,也是这个世界上最爱的亲人。"

"好吧,先生。"警督说道,"这样一来答案就很清晰了。"

"什么意思?"

警督站起身来在房间内来回踱步片刻,然后转身盯着罗兰德爵士问道:"你们为什么改变计划,为什么要回到这个房间假装打桥牌?"

"假装?"罗兰德爵士吃了一惊。

警督从他的口袋里拿出扑克牌说:"我在房间另一头的沙发底下找到了这张牌,我真不敢相信没有黑桃 A 你们却能用五十一张牌打完两局桥牌并开始第三局。"

罗兰德爵士从警督手里拿过那张牌看了看牌的背面,然后还给他说:"我承认这确实有难度。"

警督恶狠狠地盯着罗兰德爵士绝望的眼睛继续说道:"还有就是要为这里三双写有黑尔什姆·布朗先生名字的手套给出一个合理的解释。"

一阵令人发怵的沉默之后,罗兰德爵士回答:"我可以告诉你,警督,从现在起我拒绝回答你任何问题。"

"无所谓,先生。"警督不以为意,"我知道您是为了维护某位女士,但这不是一个好办法,先生。真相很快就会大白于天下的。"

"我很担心能不能如您所愿。"罗兰德爵士用有点勉强的口气回应警督说。

警督走到夹壁墙前。"黑尔什姆·布朗夫人肯定知道科斯特洛的尸体在里面。"他确信道,"是她自己把尸体拖进去还是你们帮她拖的,这个我还没把握。不过我相信她一开始就知道尸体在里面。"他转过身来盯着罗兰德爵士继续说:"因此我推测奥利弗·科斯特洛来这里找过黑尔什姆·布朗夫人,目的是想勒索一笔钱。"

"勒索?"罗兰德爵士问道,"怎么勒索?"

"真相马上就能揭晓。"警督很有把握地说,"黑尔什姆·布朗夫人是位年轻漂亮的女士,而这位科斯特洛先生也是位对女士具有极大诱惑力的男士,而且刚才他们也说黑尔什姆·布朗夫人刚刚结婚,还有——"

"住口!"罗兰德爵士一声怒喝打断了警督,"我必须提醒你放尊重些,你给我听好了!亨利·黑尔什姆·布朗的第一次婚姻非常不幸,他的前妻米兰达是个漂亮的女人,可惜精神上有问题,现在她的健康和心理已经糟糕到不可救药的地步,她的小女儿都被送到福利院去了。"

罗兰德爵士停下来整理了一下思绪说:"这简直让人不敢相信,米兰达居然成了一名吸毒者。到现在我们都没找出她的毒品来源。但稍稍动动脑子就可以猜到她就是从这个奥利弗·科斯特洛那里弄到毒品的。米兰达后来疯狂地爱上了他,最后一起私奔了。"

再次停顿后,罗兰德爵士瞥了一眼警官,看他是否在记录。"亨利·黑尔什姆·布朗是个老派的人,同意与米兰达办理离婚手续。"他继续说道,"亨利和克拉丽莎结婚后找到了幸福和平的生活。我可以向您保证,克拉丽莎的私生活里没有不可告人的事情,而科斯特洛也不可能用什么把柄来威胁她。"

警督默默地陷入了沉思中。

罗兰德爵士站起来,把椅子塞回桌子下面,一屁股坐到沙发上,然后转过头向警督说道:"警督,难道你没发现一开始你就弄错了方向吗,为什么那么肯定科斯特洛来这里的目的是为了见某个人,而不是为了某件东西呢?"

警督疑惑地问道:"您想说什么,先生?"

"当你和我们谈论已故的塞隆先生时……"罗兰德爵士提醒他,"你提到缉毒队对他感兴趣。是不是可以把这些东西都串联起来?毒品,赛隆,赛隆的家。"

稍稍停顿确认警督的反应后,罗兰德爵士继续说:"科斯特洛曾经来过这里,我猜表面上是来看赛隆的古董。如果奥利弗·科斯特洛在意这所房子里的东西的话,我推测它就在那张桌子的什么地方。"

警督的眼睛不停地扫视那张书桌,罗兰德爵士继续他的推理:"曾经发生过一件奇怪的事情,有人想出高价购买这张桌子。假如那张桌子里真有奥利弗·科斯特洛想要的东西……他肯定就会去翻动。如果按您的想法,可以假设在那个时候有某个人把他打倒在桌旁。"

警督有点不以为然:"这是个很有创意的假设——"刚一开口罗兰德爵士就毫不犹豫打断了他:"这是一个非常合理的假设。"

"您这个假设的结果……"警督质疑道,"就是这个人把尸体放进夹壁墙的?"

"肯定是这样。"

警督立即说道："这个人必须知道夹壁墙才行。"

"凶手在赛隆活着的时候就很了解这栋房子。"罗兰德爵士提出自己的观点。

"好吧，很多事情都说得通。"警督不耐烦地回答，"但有件事情说不通……"

"哪件事说不通呢？"罗兰德爵士问道。

警督坚定地看着他眼睛说："就是黑尔什姆·布朗夫人，她一开始就知道尸体在夹壁墙里，所以才故意不让我们检查夹壁墙。"

罗兰德爵士试图继续辩解，但警督抬手阻止了他并说道："不必试图说服我，她一开始就知道尸体在那里。"

紧张的沉默顿时弥漫开来，过了好一会儿罗兰德爵士开口说道："警督，你能允许我和我的被监护人单独谈谈吗？"

"必须当着我的面说，先生。"

罗兰德爵士立即回答："那就照您说的办。"

警督点了点头说："琼斯！"警官立即明白了该做什么，乖巧地离开了房间。

"情况您都知道了，警督。"罗兰德爵士带着商量的口气说，"我想请你尽量高抬贵手。"

"我唯一想知道的是事情的真相，先生，并找出杀死奥利弗·科斯特洛的凶手。"警督答道。

第十七章

警官回到房间,为克拉丽莎打开门。

"请进,黑尔什姆·布朗夫人。"警督扬声道。克拉丽莎走进来的时候,罗兰德爵士走过去,非常严肃地对她说:"亲爱的克拉丽莎,你能听我的话吗?你必须告诉警督真相。"

"真相?"克拉丽莎迟疑地问道。

"真相。"罗兰德爵士加重语气重复道,"这是唯一要做的事情。我是认真的。"他表情严肃地看着克拉丽莎,良久,才转身离开房间。

警官在罗兰德爵士离开后关上门,重新回到座位上做笔录。

"请坐,黑尔什姆·布朗夫人。"警督再次请她坐下,唯一不同的是这次他的手指向了沙发。

克拉丽莎冲着警督微笑,但他回以一副严峻的面孔。她慢慢地挪到沙发边,坐下来,在开口前沉默了一会儿,然后说道:"对不起。很抱歉我撒谎了,我不是有意的。"听起来她懊悔不已,她继续说道,"但是情况很特殊,不知您是否能体谅?"

"现在什么都不好说。"警督冷冰冰地回答,"我只想听事情的真相。"

"好吧,事情真的很简单。"她掰着指头解释道,"首先,科斯特洛离开了。然后,亨利回家了。接着,我看着亨利又开车出去了。再然后，我端着三明治走进屋子。"

"为什么是三明治？"警督不解。

"是这样的，我丈夫会带一位非常尊贵的外宾回家。"

警督非常感兴趣地问："哦，这位外宾是谁？"

"琼斯先生。"克拉丽莎告诉他。

"麻烦您再说一次？"警督说，顺便瞥了一眼琼斯警官。

"琼斯先生并不是他的真名，因为涉及高度机密，我们必须称呼他为琼斯先生。"克拉丽莎继续说，"他们会晤的时候打算顺便吃些三明治，我会在书房吃慕斯。"

警督看起来有点摸不着头脑，嘀咕着："慕斯在……是的，我知道了。"听起来他压根儿就没弄清楚。

"我把三明治放在那里。"克拉丽莎指了指凳子，"我开始整理房间，就在把一本书放回到书架上的时候，然后……然后……我差点摔倒在它上面。"

"你差点摔倒在尸体上？"警督问。

"没错，尸体就在沙发后面。当时我还不知道他死了，仔细一看才知道已经没气了。结果您已经知道了，死者是奥利弗·科斯特洛。当时我就慌成一团，只能打电话到高尔夫俱乐部，叫罗兰德爵士、伯奇先生和杰里米·沃伦德赶快回到这里。"

警督大大咧咧地倚靠在沙发上，冷冷地问："你就没有想过要报警？"

"呃，我是想过。"克拉丽莎回答，"但是后来，好吧。"她再次微笑着看着他。"事实如此，我没有报警。"

"你没有报警。"警督一边嘀咕一边走了几步，转头看了看警官，失望地摊开双手，然后面向克拉丽莎质问道："为什么你不报警？"

克拉丽莎显然胸有成竹:"说实话,我觉得报警会给我丈夫惹麻烦。"她回答,"警督,我不知道您是否了解外交部的官员,他们要时刻保持低调不引人注意,希望一切都平安。您应该想得到这桩谋杀案绝对会带来轰动效果。"

"你说得没错。"警督难以否认这一点。

"您能理解我的处境真是太好了!"克拉丽莎热烈地回答,简直有点过分热情的嫌疑。可是当她想继续说下去的时候,却感到越来越难以启齿,内容也愈加苍白而无力。

"我的意思是……"她不由得打了磕巴,"他已经死了,我摸了他的脉搏,根本就没救了。"

警督沉默地走过来,克拉丽莎看着他的眼睛继续说,"我的意思是,他可以死在我家客厅,当然也可以死在马斯登树林。"

警督猛然转头看着她。"马斯登树林?"他突然问,"关马斯登树林什么事?"

"当时我打算把尸体丢到那里。"克拉丽莎如实答道。

警督摸摸后脑勺又看看地板,好像试图在寻找灵感,最后他还是摇摇头,坚定地说:"黑尔什姆·布朗夫人,你到底有没有听说过,未经取证的谋杀案现场不得搬动尸体吗?"

"我当然知道。"克拉丽莎反驳,"所有的侦探故事都说过。但是,请您理解我们面对的是现实生活。"

警督无可奈何地摊开手。

"我的意思是……"她继续说,"现实生活和小说戏剧是两码事。"

警督用满是怀疑的眼光打量着克拉丽莎,沉默了好一会儿才问:"你真的知道你说过的每一句话的严肃性吗?"

"我当然知道。"她回答,"我说的全部都是事实。所以,我后来打电话到俱乐部把他们全都叫回来了。"

"然后你说服他们把尸体藏在夹壁墙里?"

"不是那样的。"克拉丽莎说,"都怪他们来晚了。如果按我之前的计划,他们应该把科斯特洛的尸体搬上汽车,然后把汽车扔在马斯登树林。"

"他们同意了?"警督显然完全不信。

"是的,他们同意了。"克拉丽莎微笑着回答。

"说句老实话,黑尔什姆·布朗夫人。"警督粗暴地说,"你说的话我一个字都不信。真不敢相信三位有社会地位的绅士会为了这样一个微不足道的理由如此妨碍警方的工作。"

克拉丽莎站起身,从警督身边走开,警督更像是自言自语:"我就知道即便告诉你真相你也不信。"她径直面对他的脸问:"那么,你打算相信什么?"

警督边说边仔细观察着克拉丽莎:"我只想知道一点,为什么这三位绅士肯为你说谎。"

"哦?你什么意思?他们还应该有什么别的动机?"

"他们之所以同意说谎……"警督毫不留情地说,"是因为他们相信,或者说得直白些就是他们明确知道是你杀了死者。"

克拉丽莎瞪着他气愤地说:"但是我并没有任何理由杀他,绝对没有杀人动机。"她把视线从他身上移开。"哦,我就知道你会是这样的反应。"她大声说,"这就是为什么——"她突然中断了讲话,警督立刻盯着她突然问道:"这个'为什么'到底是什么?"

克拉丽莎站在那里,随着时间点滴流逝,她的表情发生了变化,自信也再次回到身上。"好吧既然这样。"她大声说,做出一副要全盘托出的姿态,"我告诉你为什么。"

"我觉得这样才比较明智。"警督说。

"是的。"她同意道,并转头正视他。"我想我最好告诉你真相。"她有意强调了这个词。

警督笑了。"我可以向你保证。"他建议,"告诉警察一堆谎言对你没有任何好处,黑尔什姆·布朗夫人。你最好从头开始告诉我整件事的来龙去脉。"

"我会的。"克拉丽莎应答。她坐在桥牌桌前的椅子上。"哦,天哪!"她叹了一口气,"我之前认为自己很聪明。"

"最好不要耍小聪明。"警督一边吓唬一边在克拉丽莎对面坐下,"现在可以告诉我今晚到底出了什么事吗?"

第十八章

克拉丽莎静静地梳理了一下思绪，然后毫不迟疑地盯着警督的眼睛说道："刚才我已经说得很清楚了，和奥利弗·科斯特洛会面后，他和皮克小姐一起走的。我根本就不知道他会溜回来，也弄不清楚他为什么这样做。"

她停顿了下来，仿佛在试图回忆接下来发生了什么。"哦，对了。"她补充道，"之后就是我丈夫回来了，但他说马上就要出去，然后从这里开车离开，我关上了前门，确认上了锁。之后突然就觉得心里很不安。"

"不安？"警督疑惑地问道，"为什么你会觉得不安？"

"好吧，我通常不会紧张。"克拉丽莎泰然自若地说，"只不过对于我来说，晚上从来没有在家里独处过。"

说到这里她故意停了下来，警督有点不耐烦地说："好了，继续说下去。"

"我心里觉得自己这样挺傻的，于是对自己说：'你怕什么，有电话可以随时求助，对不对？'我还安慰自己说：'这个时候毛贼们还在休息，午夜才是他们上工的时间。'但是这时我仿佛听见有关门声，或者我的卧室里有脚步声，所以就觉得该做点什么让自己别太疑心。"

她再次有意收住话头，警督不由得追问道："然后呢？"

"我进了厨房。"克拉丽莎说,"做了三明治好让亨利和琼斯先生回来的时候能充饥。我把它们全部码好放在盘子上,用块餐巾包着保持湿润。我穿过前厅把它们放在这里的时候……"克拉丽莎突然大声说道,"这次我真的听到了声音!"

"哪里发出来的声音?"警督问道。

"就是这个房间!"克拉丽莎说,"我很清楚,这一次绝对不是我胡思乱想出来的。我听见开关抽屉的声音,突然想起落地窗从来都不上锁,肯定有人溜进来了。"

说到这里她再次停下来,警督毫不客气地说:"说下去,黑尔什姆·布朗夫人!"

克拉丽莎用无奈的表情回答他的粗鲁。"我不知道该怎么办,整个人都吓傻了。然后我就想:'我真笨,也许是亨利忘了什么东西折返回来,或者是罗兰德爵士他们中的谁。如果没弄清楚就冒冒失失地跑到楼上报警那可太愚蠢了。'所以我下定了决心。"

她再次的停顿真的把警督惹恼了:"说!"

"我悄悄走到衣帽间。"克拉丽莎缓缓开口说道,"找了根最重的棍子,然后就摸进图书室。我没开灯,轻轻打开夹壁墙的门,整个人缩进去。我想把门拉开一条小缝,看看到底是谁来了。"说到这里,克拉丽莎指着暗门:"除非事先知道,您就是做梦也想不到那里会有一扇门。"

警督表示同意:"确实想不到。"

现在的克拉丽莎仿佛把陈述过去当成了一种享受,"我慢慢推开暗门,不料我手指一滑门开了,随着一声椅子倒下的声音,一个男人从桌边站了起来。他手里拿着一个闪着金属光泽的东西,我以为那是把左轮手枪,顿时吓坏了。我以为他会朝我开枪,于是就用尽全身的力气挥出了棍子,然后就看见他倒在地上。"

说到这里,她整个人瘫倒在桌上,用手捂着脸问警督说:"我能……能给我点白兰地吗?"

"当然可以。"警督站起来喊道,"琼斯!"

警官把一些白兰地倒入玻璃杯交给警督。克拉丽莎微微抬起头瞄了一眼,立即又用手挡住,然后向警督伸出一只手,接过白兰地后一饮而尽,然后一边咳嗽一边放下酒杯。琼斯警官把酒杯放回原位后回到座位上继续记录。

警督望着克拉丽莎,同情地问道:"黑尔什姆·布朗夫人,您还能继续说下去吗?"

"我没事。"克拉丽莎在回答的同时飞快地瞥了警督一眼,"您真是位好心人。"她大口喘气说道,"那个人倒下去后一动不动,我打开灯仔细一看才发现是奥利弗·科斯特洛。他死了,这真的太可怕了,我……我想不明白……"

她指着桌子说:"我真想不通他在那里做什么,把桌子翻个乱七八糟,这一切对我来说就是个骇人听闻的噩梦。我怕极了,赶紧给高尔夫球俱乐部打电话,想让我的监护人回来。结果他们就都过来了。我恳求他们帮我把尸体弄走,随便哪里都行。"

警督直勾勾地盯着她问:"为什么您要这么做?"

克拉丽莎起身和他拉开距离。"因为我吓坏了。"她说,"我是个可怜的胆小鬼,害怕媒体大肆渲染这件事情,最终闹到法庭上成为一个笑柄,这将给我丈夫和他的事业造成毁灭性的打击。"

她转身走向警督:"如果真的是个窃贼我倒没什么压力,可是一个你我都知道的事实是,他和亨利的前妻刚刚结婚……哦,我真不敢想象这事情会闹到什么地步。"

"还有另外一种可能性。"警督毫不客气地问道,"死者之所以被杀不就是因为他在几个小时前企图勒索你吗?"

"勒索我?哦,简直是笑话!"克拉丽莎怒不可遏,"这是谁在胡扯,没人能勒索我。"

"埃尔金,你的管家,他曾经听见有人提到勒索。"警督直言不讳。

"我不相信他能听到什么。"克拉丽莎答道,"绝对不可能!要我说,他根本就是胡编乱造。"

"黑尔什姆·布朗夫人,不必再硬撑了。"警督针锋相对地说,"你敢保证从来没有人提到过勒索吗?那你的管家为什么会撒这样的谎?"

"我发誓绝对没有提到勒索。"克拉丽莎大声叫道,她用手拍了下桌子,"我可以发誓……"她的手猛然停在半空中,突然笑了,"啊,我真傻,怎么没想到呢,肯定是这样。"

"你想起什么来了吗?"警督平静地问道。

"没什么大不了的,真的。"克拉丽莎向警督说道,"勒索是奥利弗说出来的,他说带装修的房子租金肯定高得离谱,我说我们运气好,这房子才每周四个几尼。他说:'我才不相信呢,克拉丽莎,这简直就是在勒索房东。'我笑了笑说:'好吧,这就算是勒索吧。'"

她不由得展颜一笑,而脑子里又迅速地把刚才说的内容重新过了一遍,"我们在说些开玩笑的傻话罢了,所以我都忘得一干二净啦。"

"很抱歉,黑尔什姆·布朗夫人。"警督严肃地说,"但我真的不敢相信你说的话。"

克拉丽莎睁大眼睛问道:"您不能相信什么?"

"您这栋带装修及家具的房子,每周租金才四个几尼。"

"老天爷！您真是我遇到的疑心病最重的人了。"克拉丽莎一边无奈地说，一边起身走到桌边，"看样子您打算怀疑今天所遇到的一切吧。其他事情我未必有把握证明，但这一件却可以，我会证明给您看。"

她拉开办公桌的一个抽屉开始翻动里面的文件。"这个吗，不对，哦，找到了！在这里。"她抽出一张纸拿给警督看："这就是我们租赁这所房子和家具的合同。是一位律师事务所法定代表人亲自写的，每周四个几尼。"

警督大吃一惊："老天爷，这简直让人不敢相信，太奇妙了，真不同寻常！这个价格太值了。"

克拉丽莎拿出她最迷人的微笑说："警督，您是不是欠我一声对不起呢？"

警督的声音也柔和了许多："我真的很抱歉，黑尔什姆·布朗夫人。"可声音里还带着些许不甘心，"不过这份合同真的太让人难以置信了，您应该也有同感吧。"

"为什么要这么说，你这是什么意思？"克拉丽莎带着质问的口气，一边把合同放回抽屉里。

"好吧，曾经发生过这样一件事。"警督答道，"一位女士和一位绅士来到此地查看这栋房子，这位女士声称在这附近丢失了一枚很昂贵的胸针。她在向警察局报案的时候偶然提到这所房子说：'业主提出的房租太荒唐了，一周十八个几尼，无论放眼全国还是方圆几英里内，这个价格都是荒谬至极。'当然，我本人也赞同这个观点。"

"没错，让人难以置信，太不可思议了。"克拉丽莎带着友好的微笑迎合道，"我终于明白您怀疑的原因了。但现在，您也许会相信我所说的其他事实吧。"

"我并非怀疑您刚刚讲的故事,黑尔什姆·布朗夫人。"警督严肃地说道,"我们往往会听信合理的解释,把它当作事情的真相。所以我想得到一个合理的说明,证明三位绅士有正当的理由协助您隐藏尸体。"

"请您不要责怪他们,警督。"克拉丽莎的话音有些迟疑,"都是我的错,是我逼他们这样做的。"

仿佛是被她楚楚可怜的外表所打动,警督答道:"好吧,我坚信是你要求他们做的。但我仍不明白的是,到底是谁在第一时间给警察打电话说这里发生了谋杀案?"

"对啊,这太惊人了!"克拉丽莎的声音里满是讶异,"我几乎忘了这件事情。"

"很显然不是您。"警督说,"也不会是三位男士中的一个。"

克拉丽莎摇了摇头:"会不会是埃尔金?"她急切地想知道答案,"或者皮克小姐?"

"我觉得不可能是皮克小姐。"警督说出他的依据,"很明显她根本就不知道科斯特洛的尸体就在夹壁墙里。"

"希望如此吧。"克拉丽莎还是无法释怀。

警督提醒道:"别忘了,看到尸体的瞬间皮克小姐都吓疯了。"

"哦,那点小伎俩算不了什么,谁都可以装出一副要发疯的样子。"克拉丽莎淡淡地说道。警督用怀疑的眼光打量她,而克拉丽莎并没有像方才那样赔上楚楚可怜的笑脸,因为她觉得一切都在自己的掌控之中。

"不管怎么说,皮克小姐并没有住在这里。"警督强调说,"她住在花园中的小屋里。"

"但她能任意进出这所房子。"克拉丽莎说,"您应该知道她有全部门的钥匙。"

警督摇头否认说："不，我觉得埃尔金嫌疑更大，一定是他打电话给我们。"

克拉丽莎靠近警督，稍带一点焦虑地冲着他展颜一笑。"您该不会送我进监牢吧？"她问道，"罗利叔叔说他保证您不会这样做。"

警督立即板起了脸："还好您及时地说出事情真相，而不是继续编造故事，夫人！要我说的话，我建议黑尔什姆·布朗夫人您立即与律师联系，并告诉他事情的经过。与此同时我会完成关于本案的口供记录并由您确认，您最好立即签字确认。"

这时罗兰德爵士推开前厅门走了进来，未等克拉丽莎开口，罗兰德爵士就说："警督，现在我真的不能再置身事外了，现在情况还好吗？还是遇到了什么麻烦？"

克拉丽莎迎向她的监护人，不等他开口就说道："罗利，我亲爱的叔叔！"然后靠过去一把抓起他的手。"我做了有罪声明，那位警察——应该叫琼斯警官——正在给我起草声明文件。等下我就会签字，我已经向他们如实交代了一切。"

在警督走过去和警官进行交谈时，克拉丽莎继续静静地对罗兰德爵士说："我告诉他们这是一起正当防卫。"她的话语里听不到丝毫的动摇，"就是我打中了他的脑袋……"

罗兰德爵士讶异地望着她，话还没出口，她就飞快地用双手掩住他的嘴，让他硬生生地把话咽了回去。克拉丽莎继续飞快地说："我告诉他们谁也没想到会是奥利弗·科斯特洛，我给大家惹来这么大的麻烦，我拼命哀求大家所以大家才替我保守秘密。实际上这反而是最愚蠢的做法……"

就在警督回头望向他们的时候，克拉丽莎恰到好处地从罗兰德爵士嘴上抽回了手。"但是事情已经发生了。"她继续说,"我认为如果奥利弗的尸体是在马斯登树林被发现的话,对我、亨利甚至米兰达都最好不过。"

罗兰德爵士脸色铁青地喘着粗气问:"克拉丽莎!你在胡说些什么?"

"黑尔什姆·布朗夫人做了一个非常全面的有罪陈述,先生。"警督不禁有些得意地说道。

罗兰德爵士满脸狐疑,吞吞吐吐地说:"好像是这样。"

"这是最好的选择。"克拉丽莎说,"事实上警督让我明白这也是唯一的选择。我真为那些愚蠢的谎言感到惭愧。"

"您做出这样明智的决定会让所有人免去麻烦。"警督很有把握地说道。"不过,黑尔什姆·布朗夫人。"警督继续说,"我还不能允许您休息,因为尸体还躺在那里,但我需要您告诉我,您从那里进屋的时候,死者站在哪里?"

"啊……这个……好吧……他……"克拉丽莎一时间反应不过来。她走向桌子。"不是这里。"她赶紧换个地方说,"我想起来了,他站在这个位置,就是这样。"她一边说一边绕到书桌的另一端斜靠着站好。

"琼斯你等我命令,准备打开暗门。"警督向警官示意道。警官遵照指示站起来把手放在暗门的开关上。

"我明白了。"警督对克拉丽莎说。"他站在您的位置上,然后暗门打开您就出来了。当然,我不想让您看到尸体,所以就让别人打开暗门,现在开门吧琼斯。"

警官按动开关,暗门随之打开。可是除了地板上的一张小纸条之外,里面空空如也。警督用凌厉的眼神恶狠狠地盯着克拉丽莎和罗兰德爵士。

警官读出纸条上的字:"你个笨蛋!"警督从他手里接过纸条的时候,克拉丽莎和罗兰德爵士都吃惊地望着对方。

此时,前门的铃声把这短暂的沉寂轰成了碎片。

第十九章

　　过了一会儿，埃尔金来到客厅告诉大家说法医已经来了。警督和琼斯警官只能陪着他一起到门口迎接，因为警督不得不尴尬地向法医解释为什么目前没有尸体可查验。

　　"好吧，我的警督老爷。"法医的话音里全是怒火，"阁下您应该知道大半夜地把我弄到荒郊野外寻开心可不是什么好玩的事情吧？"

　　"我向您保证我们没撒谎，法医先生。"警督拼命安抚道，"刚才真的有具尸体。"

　　"警督没撒谎，法医先生。"琼斯警官在一边帮腔说，"刚才我们真的发现一具尸体，可它后来不见了。"

　　他们的声音把前厅另一头餐厅里的雨果和杰里米给惊动了，他们也忍不住帮几句只能带来反效果的腔。雨果带着一肚子恶意说："这些警察可真够专业的啊，连个死人都看跑了。"而杰里米也拿出一副专业人士的口吻说："我真不明白为什么不派个人守着尸体。"

　　"好吧，我才懒得管刚才发生了什么事，如果没有尸体检查的话我就不在这里浪费时间了。"法医转过脸恶狠狠地对警督说。"我可以向你保证，这事不会就这么了结的，我的警督老爷。"

　　"好吧，法医，该怎么办就怎么办吧，晚安！"警督也来了脾气。

法医向左转身,砰的一声关上身后的大门。警督则转身盯着埃尔金,埃尔金立即飞快地说:"我什么也不知道啊,我可以发誓,我什么都不知道。"

与此同时,克拉丽莎和罗兰德爵士在客厅里一字不漏地把警察们的丢脸情形听在耳里。"法医来得不是时候啊。"罗兰德爵士笑着说,"听上去这位法医对没尸体检查很不开心啊。"

克拉丽莎也忍不住笑出声来:"是谁偷了尸体呢?您说会不会是杰里米做的手脚?"

"我想不出他是怎么做到的。"罗兰德爵士说,"警察不允许任何人回到图书室,而且从图书室到前厅的门上了锁。不过皮帕的'你个笨蛋!'真是神来之笔啊。"

克拉丽莎忍不住笑了,罗兰德爵士继续说:"不过这证明了一件事,科斯特洛企图打开书桌的暗格。"说到这里他停顿了一下,有点严厉地问克拉丽莎:"我不是告诉过你吗,你为什么不向警督坦白真相?"

"我说了。"克拉丽莎辩解道,"除了隐瞒关于皮帕的部分。但警督不肯相信我。"

"不过,看在上帝的分上告诉我,你为什么要用那么多废话来迷惑他?"罗兰德爵士还是不肯松口。

"好吧。"克拉丽莎无奈地摇了摇手说,"在我看来要取信于他必须说出些有力的事实。"一抹胜利的微笑浮现在她的脸上:"现在他终于相信我了。"

罗兰德爵士气愤地说:"结果你把事情都搞砸了,这样下去你该知道会被指控杀人吧。"

"我会声称一切都是自卫。"克拉丽莎带着自信说。

未等罗兰德爵士张口，雨果和杰里米从前厅走过来，雨果来到桥牌桌前抱怨："这两个倒霉的警察把我们赶过来赶过去，看样子他们真的弄丢了尸体。"

杰里米关上身后的门走到凳子边又拿了个三明治，大声说："今天的事透着古怪！"

"简直就是个奇迹。"克拉丽莎说，"整个事情就是出魔幻剧！连尸体都凭空消失了，可我们到现在都弄不明白是谁向警察通风报信说这里发生了谋杀案。"

"不用说，肯定是埃尔金干的。"杰里米一边含糊地说着，一边坐在沙发扶手上开始啃三明治。

"那不见得。"雨果反对说，"我觉得是那个叫皮克的女人干的。"

"但是理由呢？"克拉丽莎追问道，"他们瞒着我们这样做的目的是什么？完全没有道理啊！"

此时，皮克小姐把头探进前厅的门，鬼鬼祟祟地把四周打量了一番问："诸位好啊，世界清静了吧？"一关上门她就自信地大步走进房间："条子们不在这儿吧，他们好像到处晃荡个不停。"

"他们现在正忙着搜查房子和空地。"罗兰德爵士告诉她。

"出事啦？"皮克小姐问。

"是那具尸体。"罗兰德爵士回答说，"凭空消失了。"

皮克小姐一如既往地开怀大笑："真好玩！"她简直乐不可支，"尸体不见了是吗？"

雨果坐在桥牌桌旁环顾四周，仿佛是在自言自语地说："这是个噩梦，简直就是个噩梦！"

"简直就像看电影，是吧，黑尔什姆·布朗夫人？"皮克小姐开着不合时宜的玩笑。

罗兰德爵士微笑着对园丁说:"看样子您比刚才的气色好了很多啊,皮克小姐?"言语中依旧不失礼貌。

"哦,我好多了。"皮克小姐说,"我比外表要坚强很多。说真的,暗门打开的那一瞬间看到个死人确实让我受不了,但等这感觉过去就好了。"

"我在假设某种可能性。"克拉丽莎平静地开口说,"你是不是本来就知道那里有具尸体所以才能这么快就恢复。"

园丁目不转睛地盯着克拉丽莎问:"谁?是在说我吗?"

"是的,就是你。"

雨果好像又在向整个宇宙发表演讲似的嚷嚷:"这毫无意义,为什么要偷走尸体?大家都知道这里死了个人,也知道死者的身份和一切事实,这样做简直就是荒唐!我们怎么才能脱离当前的困境呢!"

"伯奇先生,我才不认为这是没有意义的行为!"皮克小姐一边反驳一边斜靠着桥牌桌说,"你应该知道警察必须有具尸体才能对某人提起谋杀指控,就是人身保护权,对吧?"接着她转身对克拉丽莎说:"黑尔什姆·布朗夫人,您就把心放肚子里吧,我保证一切都会解决的。"

克拉丽莎盯着她问:"你什么意思?"

"我今晚一直仔细留意着这件事情的动向。"园丁洋洋得意地说,"我可没白白浪费时间躺在空屋子里。"她仿佛胜券在握似的环视众人说:"我打一开始就烦那个埃尔金和他老婆!不仅听墙根,还跑去警察那里嚼所谓敲诈的舌根。"

"你都听到了?"克拉丽莎有些惊讶地问。

"我老早就说过,女人要向着女人。"皮克小姐大大咧咧地说着，顺便斜眼瞪了一下雨果，哼了一声说："男人真靠不住！"然后转身坐在克拉丽莎身边说："亲爱的，如果他们找不到尸体……"她想了想解释道，"警察就不能起诉你。要我说，那个畜生胆敢勒索你，你就该当场给他脑袋上来一下子，好好揍他一顿。"

"可我没……"克拉丽莎微弱的声音转眼就被皮克小姐打断了："我听见你把这事和警督说了。"园丁很有把握，"要不是和你同一个屋檐的埃尔金在那里乱嚼舌根，你的故事还真能打动人，真能让人信服。"

"你指的是哪个故事？"克拉丽莎疑惑地问。

"当然是你说把他误认为小偷的故事。这个说法依然无法让人完全相信不是敲诈勒索。所以我觉得我们只能做一件事。"园丁停了一下继续说，"那就是让尸体消失，叫警察们自乱阵脚。"

罗兰德爵士不由得后退几步，带着难以置信的表情浑身颤抖。而房间中央的皮克小姐却愈发显得洋洋自得地说："敢这么做连我自己都有点佩服我自己啦。"

杰里米站起来半信半疑地问："你是说你把尸体搬走了吗？"

在众目睽睽之下，皮克小姐得意地环顾四周："好吧，这里都不是外人，那就打开天窗说亮话，我把尸体搬走了。"然后拍拍自己的口袋说："我还锁上了门。我有这所房子里每扇门的钥匙，对我来说不是难事。"

克拉丽莎目瞪口呆地望着她，良久才吃惊地开口问："你是怎么做到的？你把尸体藏到哪里去了？"

皮克小姐身体前倾，用一种阴谋家出坏主意的口吻说："在客房的床上，就是那张有四根床柱的大床。就在床头的垫枕下面。然后我重新铺了床，躺在尸体上面。"

罗兰德爵士目瞪口呆，手足无措地坐在桥牌桌旁。

"可你是怎样把尸体搬过去的呢？"克拉丽莎质疑，"你一个人做不了这么多事情。"

"说出来会吓你一跳。"皮克小姐得意地说，"我用的是消防员式搬运，直接把尸体搭在我的肩上。"然后她比画了一下，告诉大家她扛尸体的样子。

"但是如果你在楼梯上被人看见了怎么办？"罗兰德爵士还是不太相信地问。

"哈哈，根本没人看见。"皮克小姐得意地说，"警察们和黑尔什姆·布朗夫人在这里，你们三个在餐厅里，我趁此机会，抓住尸体把它拖过前厅，然后锁上图书室的门把尸体弄进了空客房。"

"上帝啊，救救我吧！"罗兰德爵士喘着粗气说。

克拉丽莎起身说："可尸体不能一直这么放着。"

皮克小姐转向她说："是的，不能一直放下去，我的黑尔什姆·布朗夫人。但我们需要藏尸二十四小时。过了这个时间警察们就会放弃对房子和花园的搜索，去更远的地方搜查。"

说到这里她故意停下来，看了看她那些听得入迷的听众："我也一直在想该怎么处理尸体，今天早上我刚挖了一条不错的深沟——用来种甜豌豆。既然这样我们就把尸体埋进去，上面种上两排漂亮的甜豌豆。"

不知所措的克拉丽莎瘫倒在沙发上。

"皮克小姐，我觉得……"罗兰德爵士说，"挖坟墓这种事情真不该让您一个人来做。"

听了这话，园丁不由得展颜一笑说："真男人！"她竖起大拇指对罗兰德爵士大声说："要是每个男士都像您这样有风度的话，我们女人就省心多了。"她转身对克拉丽莎说："这样我们可以从容地去杀人了，是吧，黑尔什姆·布朗夫人？"

雨果突然跳起来喊："真够荒唐的，克拉丽莎没杀任何人，我才不信她会杀人！"

"好吧。"皮克小姐故作轻松地问，"不是她杀的，那到底是谁杀的呢？"

就在此时，皮帕穿着晨衣打着哈欠，睡眼惺忪地从前厅走进房间，手里端着一个玻璃盘，盘上的巧克力慕斯只剩下一点点。大家被她吓了一跳，都转过身看着她。

第二十章

克拉丽莎吃了一惊,赶紧站来说:"皮帕,你怎么起来了?"

皮帕打着哈欠说:"我醒了就下来了啊。"

克拉丽莎拉着她在沙发上坐下来。"我真的饿坏了。"皮帕哈欠连连地说,刚坐定就很不开心地抱怨,"你答应过等下会给我带巧克力慕斯的啊。"

克拉丽莎从托盘里拿出一碟巧克力慕斯放在凳子上,然后偎依着皮帕抱歉地说:"我还以为你在睡觉呢。"

"我是睡着了。"皮帕刚一开口又是一个大哈欠,"然后好像有个警察进来看着我,真是个可怕的梦啊,我那时半睡半醒的。之后就饿了,所以想下来吃点什么。"

刚说到这里,皮帕突然打了个寒噤,看着周围的人继续说:"不过我觉得那不是梦。"

罗兰德爵士走过来坐在她另一侧问:"不是梦会是什么呢?"

"我做了个很可怕的梦,梦见奥利弗了。"皮帕努力回忆着,她的身体还在颤抖。

"那你梦见奥利弗什么了?"罗兰德爵士柔声问道,"告诉我好吗?"

皮帕胆战心惊地从睡袍口袋里拿出一小块形状怪异的蜡说:"这是我今晚早些时候做的,我融化了蜡烛,然后烧红了一根大头针刺穿了这尊蜡像。"

当皮帕把这个所谓小蜡像递给罗兰德爵士时,杰里米仿佛想起什么似的说了声:"我的天啊!"然后他站起来开始在房间内寻找早些时候皮帕试图给他看的那本书。

"我说的都是真话。"皮帕向罗兰德爵士解释说,"可我没法完全按照书上说的做出来。"

"什么书?"克拉丽莎问,"我现在一头雾水。"

杰里米一直站在书架旁找个不停,然后好像是捞着什么宝似的说:"找到啦!"他从沙发背后把书递给克拉丽莎,"这是皮帕今天在市场上买的,她管这个叫菜谱。"

听了这话皮帕忍不住笑了:"你还问我'这玩意能吃吗?'"

克拉丽莎接过书一看,映入眼帘的是《一百个有效可靠的咒语》。她打开书读道:"如何治愈疣子、如何实现你心中的愿望、如何消灭你的敌人,好吧皮帕,你是不是诅咒谁了?"

皮帕认真地看着她的继母说:"是的。"

克拉丽莎把书还给杰里米,而皮帕望着罗兰德爵士手里的蜡像说:"这一点也不像奥利弗,而且我也弄不到他的头发,我只能按想象的去做,然后……然后……我就做了个噩梦,我好像记得……"她扶了扶滑落下来的头发,"我记得我下来了,奥利弗就在那里。"皮帕的手指向沙发,"这一切好像都是真的。"

罗兰德爵士轻轻地把蜡像放在凳子上,听皮帕继续述说。"他就这样死了,我杀了他!"她无助地望着大家开始颤抖,"这都是真的,我杀了他是吗?"

"没有,皮帕你谁也没杀。"克拉丽莎搂住皮帕的时候,眼泪忍不住簌簌下落。

"我真的看见他在那里啊。"皮帕还是无法释怀。

"我知道了,皮帕。"罗兰德爵士说,"你没杀他。当你把针刺入蜡像的时候,你对他的仇恨和恐惧就一起消散了,你再也不用怕他,你再也不用恨他了,对不对?"

皮帕望着罗兰德爵士说:"是的,我真的看见他在那里。"她躲躲闪闪的眼光飘向沙发后面,"我在这里看见他躺在那儿死了。"说到这里,皮帕的头无力地靠在罗兰德爵士的胸口上,"罗利叔叔,我真的看见他死了。"

"你说的没错,你是见到他了。"罗兰德爵士柔声安慰道,"但不是你杀的,听我说皮帕,有人用棍子敲了他的脑袋,你根本没这样做,是吧?"

"不,不是棍子。"皮帕用力摇着头对克拉丽莎说,"应该是杰里米拿的那种高尔夫球杆吧。"

杰里米笑了笑说:"不是高尔夫球杆,皮帕,而是像放在大厅里的那种棍子。"

"你是在说那个塞隆先生留下来的,被皮克小姐叫作圆头棍的东西吗?"皮帕不解地问道。

杰里米点了点头。

"我没有杀他。"皮帕对杰里米说,"我不会那么做的,那不可能。"她又走到罗兰德爵士的身边说:"罗利叔叔,我真的没杀他。"

"你谁也没杀。"克拉丽莎的声音恢复了平静,"现在过来,亲爱的,吃掉你的巧克力慕斯,然后忘掉这一切。"她把盘子递给皮帕,皮帕却摇头拒绝了,克拉丽莎顺手放在凳子上。克拉丽莎和罗兰德爵士扶着皮帕躺在沙发上,她握住了皮帕的手,而罗兰德爵士则关切地望着皮帕,抚摸着她的头发。

"我还是没搞清楚!"皮克小姐问正在认真看书的杰里米,

"那本书是做什么用的?"

"如何让你邻居家的牛染上牛瘟。有意思吧?皮克小姐!"杰里米调笑道,"用个小手段就可以让你邻居家的玫瑰花长黑色霉斑。"

"你都在胡扯些什么?"园丁忍不住开始爆粗口。

"黑魔法!"杰里米解释说。

"我才不信那玩意儿呢,谢天谢地!"皮克小姐轻蔑地哼了一声转身走开。

一直试图跟上大家思路的雨果无奈地说:"我根本弄不清楚你们在说什么。"

"我和你一样!"皮克小姐罕见地附和他并拍了拍他的肩膀以示安慰,"我该出去看看那群蓝制服弟弟在忙些什么了。"随着她的一声大笑,人已经走进了前厅。

罗兰德爵士望着克拉丽莎,雨果和杰里米自言自语说:"现在我们该怎么解决当前的困境?"

然而克拉丽莎还沉浸在几分钟前获悉的真相之中不能自已,带着迷茫的语气说:"我真傻!我应该知道皮帕不可能杀人,我从来都不知道这本莫名其妙的书。皮帕说她杀了奥利弗,我……我就一直不曾怀疑过。"

雨果站了起来说:"哦,你的意思是你以为皮帕……"

"没错,我亲爱的雨果!"克拉丽莎赶紧打断他的话,阻止他说下去,幸运的是皮帕已经在沙发上沉沉睡去。

"哦,我明白了!"雨果说,"这解释了一切。感谢上帝!"

杰里米提议说:"既然这样我们应该马上把这一切告诉警察。"

罗兰德爵士却若有所思地拦住了大家:"我不知道这样做是否合适,克拉丽莎已经告诉他们三个不同版本的故事了……"

"等一下！"克拉丽莎突然打断了罗兰德爵士，"我突然想到一件事情，雨果，告诉我塞隆先生的古董店叫什么名字？"

"哎呀，那就是家普通的古董店。"雨果含糊地说。

"我知道它很普通！"克拉丽莎有点上火，"告诉我店名是什么。"

"你到底想说什么啊，这么火急火燎地问店名？"

"哦，亲爱的雨果，我一时间没法和你解释。"克拉丽莎着急地说，"把你早前说过的话再说一遍。我现在没法跟你或者跟大家解释。"

雨果、杰里米和罗兰德爵士有点摸不着头脑地互相对望了一眼。雨果不开心地嘟囔："罗利，你能告诉我这孩子是怎么了吗，这么着急上火。"

"我也觉得奇怪。"罗兰德爵士说，"把你的问题再说一遍，克拉丽莎。"

克拉丽莎都快气炸了："很简单的一个问题，梅德斯通的那间古董店的名字是什么？"

"好像不是什么特殊的名字。"雨果还在搅和，"我是说，那家古董店肯定不是叫'无敌海景'之类的。"

"我的耐心是有限的！"克拉丽莎咬牙切齿地从牙缝里一字一顿地挤出几个字来，"那家店的招牌上写的是什么？"

"写着什么？没写什么大不了的啊。"雨果说，"还能写什么，当然只有业主的名字而已，是'塞隆和布朗'。"

"这就对了！"克拉丽莎高兴得几乎喊了出来，"我就是想要回忆起你早前说过的话，但就是想不出来。'塞隆和布朗'，而我的名字是黑尔什姆·布朗。"她恍然大悟地望着三位男士，而他们则带着满脸的不解和她对视着。

"我们用很便宜的价格租下了这所房子。"克拉丽莎继续说,"可是其他比我们更早来的人却被告知房租贵得离谱而气哼哼地走了,大家有没有仔细想过原因呢?"

雨果依旧一脸茫然:"没想过。"

杰里米也摇着头说:"没注意过,我亲爱的克拉丽莎。"

罗兰德爵士认真地看着她,迟疑地说:"你说的话对我来说就像是在黑夜里照镜子……"

克拉丽莎却因为解开了谜团而兴奋得满面红光:"塞隆先生有个合伙人,是住在伦敦的一位女士。"她放慢语速提醒其他几个人,"今天有人打电话来说找布朗夫人,而不是说黑尔什姆·布朗夫人,仅仅是布朗夫人。"

听到这里,罗兰德爵士开始缓缓点头说:"我好像开始明白你的意思了。"

沮丧的雨果却依旧摇头说:"我还是不明白。"

克拉丽莎恨铁不成钢地望着他再次提醒说:"花皮豹和豹皮花确实是两种完全不同的东西。"

雨果急得发火:"克拉丽莎,你怎么越说越离谱了?"

克拉丽莎无奈地说:"奥利弗被杀了,凶手绝不是你们,也不是我或亨利。"说到这里她哽咽了一下,"感谢上帝,也不是皮帕。那么问题来了,究竟是谁杀的?"

"我也和警督讨论过这事。"罗兰德爵士插嘴说,"奥利弗来的时候就被人跟踪了,一定另有其人。"

"如果是这样,那么作案动机是什么?"她的话命中要害,让其他人顿时陷入沉默。克拉丽莎继续说:"今天早上我送你们从大门离开,我通过落地窗回来时奥利弗就站在这个位置。他看到我很惊讶地问:'克拉丽莎,你在这里做什么?'我当时以为他在故意挑起事端。但假如这话是他发自内心的,那意味着什么呢?"

其他人听得入神,没人开口。克拉丽莎继续说:"假设他看到我真的吃了一惊,就说明他认为这栋房子是别人的家,他来这里肯定能遇到塞隆先生的合伙人,也就是布朗夫人。"

罗兰德爵士有点不以为然地摇摇头说:"他怎么会不知道你和亨利搬来了呢?就算他不知道,那米兰达也完全不知道吗?"

"一直以来米兰达都是通过律师来协调各种事情。她和奥利弗都未必能知道我和亨利搬到这里来了。我现在可以肯定地说,奥利弗·科斯特洛没想到会在这里遇见我。不过他反应很快,立即找了个借口说要来接皮帕回家,假装离开之后又折返回来,目的在于……"

克拉丽莎突然收住了话头,因为皮克小姐从前厅的门进来,一脸开心地说:"警察们还在到处折腾,已经把所有的床底都搜了一遍啦,估计很快就要去院子里寻宝。"

克拉丽莎用敏锐的目光看着她问道:"皮克小姐,你还记得科斯特洛先生在离开的时候说了些什么吧。"

皮克小姐翻了翻白眼说:"不记得了。"

克拉丽莎直截了当地说:"他说:'我来这里见布朗夫人。'"

皮克小姐又想了想说:"好吧,应该是这句话吧,有什么问题吗?"

"但他来找的人不是我。"克拉丽莎斩钉截铁地说。

"好吧,那不是您的话会是谁呢?我可想不出更好的人选啊。"皮克小姐玩世不恭地放声大笑。

克拉丽莎一字一顿地对园丁说:"是你,你就是布朗太太,不是吗?"

第二十一章

一瞬间,皮克小姐被克拉丽莎的话给镇住了,似乎一时间陷入了恐慌之中不知如何应对,但很快她就恢复了平静,开口说话的时候已经完全恢复到平常的那种愉快的声调。"您真聪明,我就是布朗夫人。"

克拉丽莎的脑子像走马灯一样转个不停:"您就是塞隆先生的合伙人,这座别墅就是您接收塞隆公司得来的。出于某种原因,您需要一位布朗夫人住进来。估计您开始以为这很容易,毕竟布朗不是什么稀罕的姓。可惜到后来您不得不妥协,让我这个黑尔什姆·布朗住进来。我不知道您为什么想让我站在台前吸引别人的目光,而自己却躲在幕后默默窥伺,您这葫芦里倒底卖的是什么药?"

布朗夫人,也就是皮克小姐打断了克拉丽莎。"查尔斯·塞隆被杀了,大家都清楚原因是他手里有非常值钱的东西。可我根本不知道谁杀了他,也不知道那东西到底是什么。关键在于塞隆这人历来就不可靠……"她犹豫了一下说,"……粗枝大叶。"

罗兰德爵士冷冷地插嘴说:"这些是大家都知道的事情。"

"不管怎样,"布朗夫人丝毫不加理睬,"塞隆因为某样值钱的东西被杀。但是凶手并没有找到这样值钱的东西,极有可能那样东西不在店里而是在这栋别墅里。我相信凶手迟早也会找到这里，而我想在暗中调查是谁，所以必须有个假的布朗夫人来代替我。"

罗兰德爵士发出了一声惊呼："你可真忍心！"他怒不可遏地对园丁说，"你把黑尔什姆·布朗夫人，一个完全无辜的女人置身于危险之地，你不怕出意外吗？"

"我不是一直在保护她吗？"布朗夫人的话有点底气不足的感觉，"我尽可能地盯着周围的一切。那天有个男人过来用离谱的高价购买那张桌子，这愈加让我相信方向没错。可奇怪的是，我在桌子里没找到什么东西。"

"里面那个暗格你看过了吗？"罗兰德爵士问。

布朗夫人惊叫道："还有个暗格？"她一边说着一边奔向桌子。

克拉丽莎拦住她说："暗格里头也没什么值钱的东西。皮帕只是在里面找到些旧的签名而已。"

罗兰德爵士说："克拉丽莎，让我再看看那些签名吧。"

克拉丽莎走到沙发边喊："皮帕，签名在哪儿……哦，她睡着了。"

布朗夫人也走过来说："哦，睡得真快！能马上看到东西真让人开心，我会告诉你这一切的缘由。"她对克拉丽莎说，"我来把她抱到楼上她自己的床上去吧。"

"放开她！"罗兰德爵士厉声喝道。

这一嗓子弄得大家都看着他。"她很轻。"布朗夫人很有把握，"比那位科斯特洛先生轻多了。"

"我不同意你带她走。"罗兰德爵士丝毫不退让，"她在这里才最安全！"

这句话又弄得大家一起看着布朗夫人，也就是皮克小姐。她不由得后退一步怒气冲冲地望着众人："最安全是什么意思？"

"没什么意思。"罗兰德爵士毫不退让，环视了其他人之后才说，"刚才这孩子说了件非常重要的事情！"

在所有人的注视下，他走到桥牌桌前坐下。一片短暂的寂静之后，雨果走到桥牌桌边问罗兰德爵士："她说什么了，罗利？"

"如果你们好好回想一下就知道是什么了。"罗兰德爵士一边说一边拿起了《绅士名录》。

其他人面面相觑。

雨果摇摇头说："我还是没有头绪。"

杰里米有点急切地问："皮帕说什么了？"

"我也摸不着头脑。"克拉丽莎一边努力回想一边说，"关于警察的什么吗？还是梦游？半醒半睡地走到这里？"

"好啦，罗利。"雨果催促说，"别卖关子了，赶紧告诉我们吧。"

罗兰德爵士抬起头来。"什么？"他有点心不在焉地说，"哦，是的，那些签名，都在哪里？"

雨果打了个响指说："我记得皮帕放在那个盒子里了。"

杰里米走到书架旁问："是这里？"他很快就找到盒子，从里面拿出个信封。"没错，就是它！"他从信封里取出签名递给合上《绅士名录》的罗兰德爵士，然后顺手把空信封塞进自己的口袋，而罗兰德爵士则戴上眼镜检查签名。

"维多利亚女王！愿上帝赐福她。"罗兰德爵士低声嘀咕着看完了第一个签名，"维多利亚女王，用的是易褪色的棕色墨水。那这个是什么？约翰·罗斯金……嗯，我猜这是真迹。这一个呢？罗伯特·勃朗宁……嗯，感觉这张纸的年份没那么老。"

"罗利，你发现了什么？"克拉丽莎有点兴奋地问。

"在战争期间我曾经用过一些隐墨水之类的东西。"罗兰德爵士解释说,"假如你想写下秘密记录的话,就用显墨水写在纸上,然后在上面伪造一个名人签名,再把这个签名和其他真迹签名混在一起,这样就没人会注意它的存在,正如我们到现在为止所做的那样。"

布朗夫人看起来很困惑。"但是查尔斯·塞隆真的写下了值一万四千英镑的东西?"

"也许没什么,亲爱的女士。"罗兰德爵士答道,"但我突然想到,这也许是为了保守一个秘密。"

"保密?"布朗夫人更加感到好奇了。

"奥利弗·科斯特洛。"罗兰德爵士说,"曾经被怀疑贩毒,警督曾经说过塞隆被缉毒组调查过一两次,这两者之间应该有联系吧,大家觉得呢?"

布朗夫人张了张嘴茫然地看着他,罗兰德爵士继续说:"当然,这只不过是我的一个浅见。"他再次低头审视手里的签名,"我觉得塞隆留下的这些纸里面有其他内容,也许是用柠檬汁或氯化钡溶液写的东西,稍稍加热就能显现出来,不行的话可以用碘蒸气。先来试试加热吧。"

他站起身来说:"试试也未尝不可,不是吗?"

克拉丽莎说:"图书室里有个电暖炉,杰里米你能拿过来吗?"

雨果刚站起身,杰里米就已经飞奔进了图书室。

"我们把它插在这里。"克拉丽莎指着客厅墙壁踢脚板上的一个插座说。

"这简直荒谬!"布朗太太不以为然地哼了一声,"牵强附会!"

克拉丽莎反驳道:"才不是呢,我觉得这是个好主意。"正说着杰里米带着一个小型电暖炉从图书室走了过来。

"哦,找到了?"克拉丽莎问。

"找到了。"杰里米说,"插座在哪儿?"

"那儿。"克拉丽莎指给他看。杰里米插插头的时候,克拉丽莎接过电暖炉,把它放在地板上。

罗兰德爵士拿着罗伯特·勃朗宁的签名站在电暖炉的旁边,杰里米跪在地上,其他人则伸长脖子张望。

"我们也别抱太大的希望。"罗兰德爵士提醒大家,"毕竟这只不过是我的一个猜测,目前只有这个推测能合理解释塞隆为什么把这些纸小心地藏在这里。"

"这让我想起了久违的童年。"雨果不胜唏嘘地回忆,"儿时我曾经用柠檬汁写过密信。"

杰里米跃跃欲试:"我们先烤哪个签名?"

"我觉得是维多利亚女王。"克拉丽莎说。

"不,六倍赌注我猜是罗斯金!"杰里米很有把握地说。

"那好,我赌是罗伯特·勃朗宁。"罗兰德爵士做出了选择,弯腰把纸放在暖气片前。

"罗斯金?一个无名小卒,我对他的诗从来不感兴趣!"雨果忍不住抱怨说。

"完全正确。"罗兰德爵士表示赞成,"所以才暗喻着隐藏之意。"

一群人围在罗兰德爵士的脚下,克拉丽莎气鼓鼓地说:"要是真没个结果,我可就要崩溃了。"

"我猜……没错,真的写着什么!"罗兰德爵士低声说。

"啊,真的有字迹!"杰里米也看到了。

克拉丽莎兴奋地说:"是吗?让我也看看!"

被他们俩夹在中间的雨果怒道:"年轻人,别挡老人家的道!"

"安静点!"罗兰德爵士生气了,"都别推我……没错……这里有字迹。"他停顿了一下说,"我相信我们找到证据了。"

"什么证据?"布朗夫人问。

罗兰德爵士说:"这是六个人的名单和地址,我猜应该是毒品走私的分销人。其中就有奥利弗·科斯特洛的名字。"

众人惊呼四起。"奥利弗这个家伙!"克拉丽莎愤愤地说,"这就是他前来的原因,一定有人在跟踪他,然后还……哦,罗利叔叔,我们必须报警!雨果,我们走!"

克拉丽莎向前厅门口疾奔,后面就是雨果,他一边走一边嘟囔:"今天算是开了眼啦。"罗兰德爵士把其他签名都收好,杰里米则收拾好电暖炉搬回图书室。

罗兰德爵士也打算跟克拉丽莎和雨果一起去,但到了门口他回头问:"皮克小姐你不一起去吗?"

"我去了也帮不了你们什么忙。"

"那可不行,因为你是塞隆的搭档。"

"我可从来都不沾毒品!"布朗夫人辩解说,"我就是个卖古董的,一直在伦敦做生意。"

"我明白。"罗兰德爵士高深莫测地说,一直把着前厅的门,示意布朗夫人出去。

杰里米从图书室回来后轻手轻脚地关上门,还在门口竖起耳朵听了好一会儿。接着他瞄了一眼还在沙发上沉睡的皮帕,便走到安乐椅前拿起坐垫,慢慢靠近皮帕躺着的沙发。

睡梦中的皮帕微微动了一下,杰里米立即僵住了。但很快他就确信皮帕并未醒来,就继续向沙发靠近,直到站在皮帕的头侧,然后慢慢地把坐垫压向皮帕的脸。

这时克拉丽莎从前厅回到房间。听见门响的杰里米赶紧把坐垫放在皮帕的脚上,然后向克拉丽莎解释说:"罗兰德爵士说过皮帕身边不能没人,所以我看到大家都出去后就留下来陪着她。怕她脚上着凉所以用垫子给她盖上。"

克拉丽莎在凳子上坐下说:"今天晚上发生的事情可真够刺激的,闹得我肚子都饿了。"她低头一看空空如也的三明治盘子,非常不满意地说,"啊,杰里米,都被你吃光了。"

"真不好意思,我实在太饿了。"他虽然嘴上道歉,可话音丝毫听不出愧疚。

"我真不明白你怎么可以这样!"克拉丽莎发火了,"你好歹还吃了晚饭,我可是空着肚子啊。"

杰里米坐在沙发后面说:"没啊,我也没吃晚饭呢。当时我在练习轻击,接到你的电话我才回到了餐厅。"

"哦,我明白了。"克拉丽莎的声音仿佛结了层寒冰,她越过沙发背拍了拍垫子,瞪大眼睛沉声说:"我明白了,就是你。"

"你什么意思?"

"原来是你!"克拉丽莎的声音低到几乎别人都听不见。

"你这是什么意思?"

克拉丽莎紧盯着他的眼睛问:"刚才我进房间的时候,你要拿坐垫干什么?"

杰里米笑了一下说:"不是都跟你说了,我怕皮帕受寒,用垫子盖住她的脚。"

"哦,真的?你到底是要盖她的脚还是要堵住她的嘴?"

"克拉丽莎!"杰里米愤怒地喊道,"你在说什么疯话!"

"我曾经向大家说我们这些人不可能杀奥利弗·科斯特洛。"克拉丽莎静静地说,"但现在看来有一个人确实有机会杀了他。就是你!你独自一个人在高尔夫球场上,完全可以偷偷溜回来。从打开的图书室窗户就可以进来——你离开时已经把它打开。那个时候估计高尔夫球杆还拿在手上吧。当然,这就是为什么皮帕说:'像杰里米的高尔夫球杆。'这说明她看见你回来了。"

"这绝对是胡思乱想,克拉丽莎!"杰里米还在强辩,但笑容已经开始变得不自然了。

"不,这不是胡思乱想。"克拉丽莎丝毫不松口,"然后你杀了奥利弗之后就回到俱乐部,给警察打电话好让他们到这里发现尸体,让他们以为是亨利或者我杀了他。"

杰里米顿时跳了起来喊道:"你在胡扯些什么!"

"我没胡扯,我说的是事实,我坚信我没错!"克拉丽莎大声说,"但是为什么?我想不明白你为什么要这么做?"

他们就这样面对面站着,沉默良久之后,杰里米长叹一声,从口袋里拿出装过名人签名的那个信封,握在手里远远地让克拉丽莎看着说:"这就是原因。"

克拉丽莎瞥了一眼说:"这不就是装签名的信封吗。"

"上面还有张邮票。"杰里米淡淡地说,"这就是那种所谓颜色印错的错版邮票,去年有个瑞典人卖出了一万四千三百英镑的高价。"

"原来是这样!"克拉丽莎的呼吸急促起来,"这张邮票才是塞隆真正的财富。"

杰里米继续说:"塞隆写信给我的老板肯尼思爵士,不巧我先看到了,就跑来和塞隆见面——"

说到这里杰里米突然住口不言,但克拉丽莎替他说了下去:

"……然后你就杀了他。"

杰里米默默点了点头。

"可是当时你没找到邮票!"克拉丽莎继续大声说道,和他拉开距离。

"你说对了。"杰里米丝毫不否认,"邮票不在商店里,所以我确信邮票肯定在这里,也就是他的家里。"

他开始向克拉丽莎逼近,而克拉丽莎不由自主地往后退:"我以为今晚科斯特洛是来对付我的。"

"所以你也杀了他?"面对克拉丽莎的质问,杰里米又默默地点了点头。

"刚才你打算杀死皮帕吗?"克拉丽莎的呼吸更加急促了。

"给我一个不杀她的理由吧。"杰里米仿佛是在说一件于己无关的事情。

克拉丽莎怒斥道:"你简直就是个恶魔!"

"我亲爱的克拉丽莎,一万四千英镑是笔巨款。"杰里米的微笑里既有歉意也带着阴狠。

"那你告诉我这一切又是为了什么?"克拉丽莎的声音里带着疑问和恐惧,"你不怕我告诉警察吗?"

"你骗了警察那么多次,他们再也不会相信你了!"杰里米毫不犹豫地回答。

"我会让他们相信我的!"

"忘了告诉你。"杰里米讥笑道,"你没机会向警察开口了,你觉得已经杀了两个人的我还会介意再杀一个吗?

当他的手触及克拉丽莎的喉咙时,她开始发出尖叫声。

第二十二章

伴随着克拉丽莎的尖叫声，罗兰德爵士立即从前厅冲进来打开壁灯，与此同时琼斯警官从落地窗冲进房间，警督也从图书室破门而入。

警官一把按住杰里米："住手，沃伦德！谢谢你的配合。"他略带笑意地说，"把信封交出来，这可是我们的物证！"

克拉丽莎靠着沙发蹲坐在地上，用手捂着喉咙惊魂未定。杰里米把信封递给警督恶狠狠地瞪着他："原来是被你们给算计了，算你们狠。"

"杰里米·沃伦德。"警督大声宣布，"你因涉嫌谋杀奥利弗·科斯特洛被逮捕归案，你有权保持沉默，但你所说的每句话都可能被记录，并作为呈堂证供。"

"别啰嗦了，警督。"杰里米平静地回答，"休想从我这里得到一个字，对我来说这不过是场赌博，只不过我手气不好罢了。"

"带走。"警督命令琼斯警官押解嫌疑犯。

"怎么回事，琼斯先生，手铐忘家里啦？怎么不用手铐？"在右手被反扭在后背之时杰里米还不忘揶揄一句，之后他就被从落地窗押走了。

望着杰里米的背影，罗兰德爵士不无遗憾地摇摇头，然后扭头焦急地问克拉丽莎："你还好吧，亲爱的？"

"没……没事,我挺好。"克拉丽莎有些上气不接下气地说。

罗兰德爵士愧疚地说:"真不应该让你冒这个险。"

她灵光一闪,盯着罗兰德爵士问:"你早就知道是杰里米,是不是?"

警督却插嘴说:"爵士,您怎么会想到邮票这条线索呢?"

罗兰德爵士走到警督身边从他手中接过信封说:"警督先生,原因很简单,今晚皮帕把信封递给我时我就觉得哪里不对劲。之后我发现沃伦德的雇主是著名邮票收藏家肯尼思爵士,我的怀疑就更加强烈。而就在刚才,那个年轻人在我鼻子底下把信封堂而皇之地揣在自己兜里,我就全明白了。"

他把信封还给警督:"好好保存它,警督先生。除了可以作为物证,你会发现它身价不菲。"

"我会好好保管的。"警督回答,"一个恶行累累的年轻罪犯将得到他应有的惩罚。"穿过前厅的门时,他又说:"可是我们必须找到尸体。"

"哦,这再简单不过了,警督先生。"克拉丽莎提醒他,"去客房的床上找找看。"

警督转身不满地对她说:"都到这个时候了,黑尔什姆·布朗夫人——"

不等他说完克拉丽莎就打断了他:"为什么没有人相信我呢?"她气哼哼地喊道,"尸体就在客房的床上,您上去看看就明白了,我的警督大人。皮克小姐出于善待逝者的理由,把它藏在了床垫下面。"

"出于善待逝者的理由?"警督气得连话都说不出来了,走到门口才转过身愤愤不平地说:"您给我记着,黑尔什姆·布朗夫人,你今天编的瞎话都可以写本书了,结果把案情弄得一团糟。我当然知道你撒谎是为了你的丈夫,但这绝对是大错特错。夫人,请您悔过自新吧。"最后他摇着脑袋离开了房间。

"随你的便!"克拉丽莎不甘示弱,声音中难掩怒火。她猛然想起什么似的转头看向沙发:"哦,皮帕……"她大吼的时候忘记皮帕就躺在那里。

"还是让孩子上床去休息吧。"罗兰德爵士轻声说,"她现在安全了。"

克拉丽莎轻轻摇动皮帕柔声说:"来吧,皮帕。醒醒,应该上床睡觉了。"

皮帕摇摇晃晃地起身喃喃地说:"我饿。"

"好啦好啦,我也觉得你应该饿了。"克拉丽莎轻声抚慰她,然后带她走向前厅门,"走吧,我们看看能找到什么吃的。"

"晚安,皮帕。"克拉丽莎和皮帕走出房间的时候罗兰德爵士跟她道别,她打了个呵欠然后含含糊糊地说"晚安"。当雨果从前厅进来的时候,罗兰德爵士已经坐在桥牌桌前开始把桥牌收进盒子里。

"我的老天爷啊。"雨果大声说,"我不敢相信整件事是年轻的沃伦德干的,在人前他是一个多体面的年轻人啊。有着良好的教育背景,待人处世也很得体。"

"但是他不介意为了区区一万四千英镑去杀人。"罗兰德爵士温文尔雅地说,"这样的事情或多或少总会有的,雨果,不论是社会的哪个阶层。有些人很有魅力却毫无道德感。"

布朗夫人,或者说曾经的皮克小姐,把头靠在前厅门上说:"我觉得应该告诉您一声,罗兰德爵士。"然后她完全恢复了那令人熟悉的大嗓门,"我必须去趟警察局,他们要我坦白交代。估计他们对我刚才开的玩笑很是恼火,恐怕这次我要吃不了兜着走了。"随着她的哈哈大笑声响起，门被砰的一声关上了。

雨果目送她离开，然后走到桥牌桌前帮罗兰德爵士整理桥牌，"不过，罗利，我还是心存疑惑，皮克小姐到底是姓塞隆，还是姓布朗呢？或者还有其他什么别的姓？"

罗兰德爵士还没开口就打住了，因为警督返回屋子拿手套和帽子。"先生们，我们现在要把尸体搬走了。"警督和他们俩打了声招呼。沉默了一会儿他又说："罗兰德爵士，如果可以的话麻烦您带个话给黑尔什姆·布朗夫人，假如她还对警察说些光怪陆离的故事，总有一天会给她惹来大麻烦。"

"警督，您仔细想就该知道，最开始她就说出了实情。"罗兰德爵士不失礼貌地提醒说，"但是那时候您根本就不相信她。"

警督有点尴尬，结结巴巴地说："这个……嗯……好吧。"好一会儿他才恢复自如的神态，"说实话，当时确实很难相信，这一点您应该感同身受吧。"

"没错，我承认当时的确是那样。"罗兰德爵士附和道。

"我一直都信任您，爵士。"警督用亲密的语气接着说，"但黑尔什姆·布朗夫人实在是让人觉得不可信。"他遗憾地摇摇头说，"祝各位晚安。"

"晚安，警督。"罗兰德爵士亲切地答道。

"晚安，伯奇先生。"警督边说边走向前厅门。

"晚安，警督先生，干得漂亮！"雨果微笑着致意，并走过来跟警督握手。

"谢谢您，先生。"警督说。

警督离开之后，雨果忍不住打了个哈欠，然后对罗兰德爵士说："哦，好吧，我觉得最好回家好好睡一觉，真是拖得太晚了。"

"雨果，你说得对，确实晚了。"罗兰德爵士边说边整理桥牌桌，"晚安。"

"晚安。"雨果一边说一边走进前厅。

罗兰德爵士把桥牌和计分板整理得井井有条，然后把《绅士名录》放回到书架上。克拉丽莎从前厅走过来把手搭在他胳膊上轻声说："亲爱的罗利，今晚要是没有您我们真不知会怎么样，您真睿智！"

"这也是你运气好。"罗兰德爵士说，"非常庆幸你没有在那个年轻的坏蛋沃伦德身上迷失自己。"

克拉丽莎身体微微颤抖却坚定地说："不会再有这样的危险了。"一抹微笑浮上她的脸庞，"如果我的心会迷失在什么人身上，亲爱的，唯一的人选会是您。"她显得很真诚。

"喂，我可不吃你那一套。"罗兰德爵士笑着警告她，"如果你……"

他突然停下话头，因为亨利·黑尔什姆·布朗大步跨进落地窗，克拉丽莎吃惊地喊道："亨利！"

"您好，罗利。"亨利向他的朋友致意，"本以为你们今晚都在俱乐部呢。"

"哦，都到这个点儿啦，我该走了。"罗兰德爵士略显尴尬地解释道，"今晚可真难熬啊。"

亨利审视着桥牌桌："怎么了？手气不好？"话语中带着玩笑的意味。

罗兰德爵士轻笑一声说："桥牌，嗯，还有其他不少事情。"他一边说着一边走向前厅门，"两位晚安。"

克拉丽莎和罗兰德爵士在彼此面颊上轻吻作别，然后罗兰德爵士快步离开。克拉丽莎急切地问亨利："卡伦多夫……啊，我是说见到琼斯先生了?"

亨利把公文包往沙发上一扔,疲惫而沮丧地叹息说:"真过分,他根本就没露面。"

"怎么回事?"克拉丽莎简直不敢相信自己的耳朵。

"飞机到达机场之后,从机上只下来个不靠谱的副官。"亨利一边解开大衣的纽扣一边说。

克拉丽莎帮他脱下外套,亨利继续说:"真没想到这人没下飞机就转身返航了。"

"到底为什么?"

"我怎么知道?"亨利明显有点烦躁不安,"他心存疑虑,至于怀疑什么,谁知道呢?"

"那约翰爵士呢?"克拉丽莎脱下他的帽子问。

"最糟糕的是,"他抱怨道,"我阻止他的时候已经太晚了,我猜他可能很快就会到达这里。"亨利看了下手表,"当然,我一到机场就打电话给唐宁街,但是他那时候已经出发了。哦,简直糟透了。"

亨利疲惫地瘫倒在沙发上发出一声叹息,正在这时电话铃响了。

"我来接。"克拉丽莎穿过房间去接电话,"可能是警察局打过来的。"她拿起话筒。

亨利吃惊地看着她:"警察?"

"是的,这里是科普尔斯通府。"克拉丽莎对着电话说,"对,对,他在这里。"她看向亨利,"电话是打给你的,宾德利希思机场打来的。"

亨利站起来冲向电话机,但又马上想到什么似的停了下来,斯斯文文地走过去对着话筒说:"您好。"

克拉丽莎把亨利的帽子和大衣拿进客厅,但旋即又走回来,站在他身后。

"是的,请讲。"亨利说,"什么?十分钟后?真的吗?是,是,是,是,不,不,不,你已经?我明白了,是,好的。"

他把话筒放好,大叫"克拉丽莎!"然后扭头发现她就在自己身后。"哦,你在这里,据说另一架飞机在第一架落地十分钟后到达机场,卡伦多夫就在第二架飞机上。"

"你是指琼斯先生。"克拉丽莎提醒他。

"对,亲爱的。这帮人简直就是得了疑心病。"他抱怨道,"似乎第一架飞机只是一个幌子,一般人真的没法领会这些大人物高深莫测的想法。好吧,不管怎么样,他们,嗯,护卫陪同琼斯先生在路上了,十五分钟内就会抵达这里。那么,一切都安排好了吗?一切都尽在掌握中吗?"他看向桥牌桌,"亲爱的,把桥牌收拾起来可以吗?"

克拉丽莎飞快地跑过去把桥牌和计分板收起来,亨利走向凳子,诧异地捡起三明治盘子和慕斯碟不满地问道:"这是怎么回事啊?"

克拉丽莎冲过去抓住盘碟解释说:"全被皮帕吃掉了,我会撤掉这些东西,马上多做一些火腿三明治。"

"怎么还没做?这些椅子也是东倒西歪的。"亨利的语气里略带责备,"我以为你把一切都准备好了,克拉丽莎。"

他帮忙把桥牌桌的桌腿折叠起来搬回图书室的时候问道:"你整晚都在干什么?"

克拉丽莎正忙着摆正椅子:"我的老天爷啊,亨利!这是我有生以来最可怕、最惊险的夜晚。你离开没一会儿我就端着三明治过来了,发生的第一件事情居然是我差点绊倒在一具尸体上,就在那里。"她指了指,"就在沙发后面。"

"好啦,好啦,亲爱的。"亨利心不在焉地咕哝,顺便帮她把安乐椅放在之前通常放置的位置上,"你的故事总是那么迷人,但是说实在的现在我们真的没有时间了。"

"但是,亨利,这是真事。"她不依不饶,"这仅仅是个开头,之后警察来了,事情一件一件发生。"她像挺开了火的机关枪,"他们设下一个圈套,皮克小姐居然不是皮克小姐,她的真名就是布朗夫人,杰里米为了偷一枚价值一万四千英镑的邮票制造了一起谋杀案。"

"嗯,那应该是第二枚瑞典错版黄色三先令邮票横空出世了吧。"他的语气既带着纵容宠溺,又很是不以为意。

"我觉得那就是瑞典错版黄色三先令邮票!"克拉丽莎高兴地大叫。

"真行!这些都是你想象出来的吧,克拉丽莎。"亨利亲切地说,把小桌子放在扶手椅和安乐椅中间,用手帕拂去上面的面包碎屑。

"但是,亲爱的,我真的不敢想象这一切发生在眼前。"克拉丽莎继续说,"单凭我的脑袋连一半都想象不到。"

亨利把公文包放在沙发的一个靠垫后面,把另一个靠垫竖起来,把第三个靠垫放在安乐椅上。与此同时,克拉丽莎继续尝试吸引他的注意力:"太奇妙了,我一生中几乎没遇到什么真正的奇妙事件,但是今晚的经历已经够我受的了。谋杀、警察、瘾君子、隐显墨水、密码,还差点因为谋杀嫌疑被捕,与死亡擦肩而过。"她停下来看着亨利,"知道吗,亲爱的,短短一个晚上几乎发生了这辈子可以发生的一切事情。"

"去煮咖啡,亲爱的。"亨利回答,"明天你再告诉我这些长篇大论吧。"

克拉丽莎看起来极其愤怒并责备道:"亨利,你一点也不体谅人!今晚我差点一命呜呼,你都不关心一下?"

亨利低头看看手表。"约翰爵士或琼斯先生可能会随时到来。"他焦急地说。

"今晚经历的事情。"克拉丽莎继续说道,"哦,亲爱的,这些让我想起沃尔特·斯科特爵士。"

"什么?"亨利边打量着房间,确保所有的一切都摆放恰当,边含糊地问。

"我姑妈的话我永远不会忘记。"克拉丽莎陷入回忆中。

亨利狐疑地看着她,然后她又说:"从一开始撒谎的时候,我们就编织了一张天衣无缝的网。"

突然一股柔情涌上心头,他倚靠在扶手椅上伸出双臂环住她:"我可爱的蜘蛛小姐!"

克拉丽莎把他的手臂挡回去问道:"估计你不知道蜘蛛的生活方式吧?蜘蛛太太们会把自己的丈夫当成美餐。"她戏谑地用手掐住他的脖子。

"我更想吃掉你。"亨利亲吻她,热情地回应道。

前门的门铃突然响了起来。"约翰爵士!"克拉丽莎喘息着从亨利怀里跳出来。亨利也在同一时间大叫:"琼斯先生!"

克拉丽莎把亨利推向前厅门。"你出去开门。"她说道,"我会把咖啡和三明治放在前厅,你们准备吃的时候可以拿进来。高层机密会晤现在开始。"她吻了下自己的手,然后按住亨利的嘴唇,"祝你好运,亲爱的。"

"好运。"亨利说完转身离开,但又匆匆折返,"我想对你做的一切说声谢谢。我不知道他们两位谁会先到达这里。"然后他匆忙扣上西装纽扣，拉直领带冲向前门。

克拉丽莎拿起盘碟，向前厅门走去，但是突然停下来，因为她听到亨利热忱地说："晚上好，约翰爵士。"她犹豫了一下然后快步走向书架，开启暗门开关，悄然融入暗门后，用歌剧表演的口吻轻声说："克拉丽莎神秘消失了。"时间恰好就在亨利迎接首相走进客厅的前一秒。

阿加莎·克里斯蒂的戏剧

《致命证据》,是阿加莎·克里斯蒂作品中最早搬上舞台的戏剧。一九二八年五月在伦敦威尔士王子剧院开幕。这部戏剧的作者并非克里斯蒂,而是迈克尔·莫顿对克里斯蒂一九二六年发表的侦探小说《罗杰疑案》进行改编的戏剧作品,剧中赫尔克里·波洛由查尔斯·劳顿主演。克里斯蒂不喜欢这部戏剧,也不喜欢劳顿的表演。很大程度上她对《致命证据》的不满在于她原本打算亲自把波洛这一形象引入自己的戏剧舞台。最终她成功地将波洛引入《黑咖啡》这部戏剧中,此剧于一九三〇年在伦敦的圣马丁剧院上演长达几个月之久。

七年后阿加莎·克里斯蒂写下自己的下一部舞台剧——《埃赫纳吞》。这部戏剧的主题并非谋杀,而是一个古代法老[①]试图说服多神崇拜的埃及只尊崇太阳神阿吞的故事。但这部戏剧未能在一九三七年公演,而是被遗忘了三十五年之久,直到一九七三年春季清理的时候,阿加莎才重新发现这本打字稿然后成功发表。

虽然不喜欢一九二八年公演的《致命证据》,但多年来阿加莎·克里斯蒂授权他人将自己的作品改编为戏剧的总数多达五部以上。其中最早的一部可追溯至一九三六年《陌生人的爱》,由

[①]指的是古埃及第十八王朝法老阿蒙霍特普四世,也称埃赫纳吞。他曾经进行过一次宗教改革,树立阿吞为主神,削减寺庙,减少崇拜的神,以削弱宗教势力。

英国二三十年代的剧院领军人物弗兰克·沃斯珀改编自克里斯蒂短篇小说《夜莺山庄》[①]，并由自己领衔主演。一九三二年，以赫尔克里·波洛为男主角的长篇小说《悬崖山庄奇案》，由阿诺德·雷德利——当时著名戏剧作品《幽灵火车》的作者——于一九四〇年改编为同名舞台剧。《寓所谜案》是一九四九年由莫伊·查尔斯和芭芭拉·托伊改编自克里斯蒂一九四〇年发表的同名小说，阿加莎·克里斯蒂创作的另一个著名侦探形象——马普尔小姐得以首次登台亮相。

由于对某些作家的戏剧改编作品大失所望，一九四五年起阿加莎·克里斯蒂开始了自己的改编历程，她将已发表的一些小说改编为戏剧。一九三九年发表的谋杀谜案《十个小印第安人》(后面因为某些原因更名为《无人生还》)在一九四三年的伦敦和一九四四年的纽约成功登台，演出取得令人瞩目的反响。克里斯蒂的《死亡约会》，小说发表于一九二八年，一九四五年登上戏剧舞台，另两部陆续改编为戏剧的小说分别是一九三七年的《尼罗河上的惨案》，一九四五年以《尼罗河上的谋杀案》为名上演；《空幻之屋》一九四六年出版，一九五一年登台。这三部小说的特点是都以赫尔克里·波洛为侦探，但是在改编为戏剧的时候，克里斯蒂删除了波洛这个角色。"我习惯了波洛在我的书中出现。"她曾经就其中一部戏剧这样说过，"所以大家很自然地认为他也会出现在这部剧中，但是其实他的出现并不合时宜。当然他可以出现，但是我始终觉得这部剧如果没有他可能会更加精彩。所以在构思剧本的时候，我删掉了波洛的戏份。"

《空幻之屋》之后的下一部戏剧，并非改编自阿加莎·克里

[①] 收录在《金色的机遇》(新星出版社二〇一七年十一月出版)一书中。

斯蒂的长篇小说，实际上是改编自短篇故事《三只瞎老鼠》，主要内容来自于一九四七年为克里斯蒂最伟大的粉丝之一英国乔治五世的遗孀——玛丽王太后编写的广播剧。那年是玛丽王太后八十寿辰，她要求BBC邀请阿加莎·克里斯蒂为此创作一部舞台剧，于是《三只瞎老鼠》得以问世。为了将其改编为舞台剧，克里斯蒂发掘了莎士比亚名剧《哈姆雷特》中的桥段，一个崭新的剧名得以呈现在世人面前。哈姆雷特在克劳狄斯和格特鲁德面前表演戏剧时，国王问："这出剧叫什么名字？"哈姆雷特回答："捕鼠器。"于是《捕鼠器》从一九五二年十一月开始在伦敦上演，其制片人彼得·桑德斯告诉克里斯蒂，他希望可以上演长达一年甚至十四个月。剧作家回复说，"应该不会演出那么久，也许能上演八个月。"而五十年后，《捕鼠器》依然活跃在舞台上，也许会永葆青春。

在《捕鼠器》上演几周后，桑德斯建议阿加莎·克里斯蒂应该将她的短篇故事集中的《控方证人》改编为舞台剧。但是阿加莎认为改编非常困难，可她还是鼓励桑德斯自己尝试一下。桑德斯开始着手改编，并且如期将改编的第一稿剧本交给阿加莎。她读完后告诉桑德斯，虽然她觉得他的版本不够完美，但是他的作品的确给予了她修改剧本的灵感。六周后，她完成了这部改编作品，这也是克里斯蒂本人最满意的戏剧作品。一九五三年十月一日晚在特鲁里街的冬季花园剧院，观众们正痴迷地感受她精妙缜密而又出人意料的结局。《控方证人》在伦敦上演四百六十八场，随即又搬上纽约百老汇舞台上演六百四十六场。

《控方证人》上演后不久，阿加莎·克里斯蒂同意为伦敦电影明星玛格丽特·洛克伍德创作一部可以展现她的喜剧天赋的戏剧作品。于是《蜘蛛网》这部运用陈旧的秘密通道来展示嘲讽意味的惊悚喜剧应运而生。一九五四年十二月《蜘蛛网》在萨沃伊剧院上演，迄今为止演出七百七十四场。它与《捕鼠器》和《控方证人》一起，成为伦敦经久不衰的三部成功剧作。

接下来的剧院冒险之旅，克里斯蒂选择与杰拉尔德·弗纳一起改编她十年前写作的谋杀案《零点》。一九五六年九月在圣杰姆斯剧院上演，演出持续了六个月左右，表现可圈可点。那一年阿加莎已近七十岁了，但她每年仍然至少创作一部小说和几篇短篇小说，同时还在书写自传。她后来又创作了五部舞台剧本，但是只有一部为原创剧本，剩下的均改编自小说。其中最杰出的剧作是《命案回首》，由一九四三年赫尔克里·波洛系列中的《五只小猪》改编而来。在剧本创作中，阿加莎又一次将波洛侦探从情节中删除，取而代之的是个风度翩翩的年轻律师。该剧于一九六〇年三月在公爵夫人剧院开幕，但演出仅仅持续了三十一场。

克里斯蒂余下的四部舞台剧均为原创剧本，分别是《判决》、《意外来客》（这两部均在一九五八年上演）、《事不过三》（一九六二），和《造假三人行》（一九七二）。《事不过三》实际上是由三部同时上演的独幕剧冠名而成[①]。其中最后上演的独幕剧《病人》，是拥有开放式结局的优秀悬疑剧。但这三部独幕剧并没有得到观众的认可，《事不过三》在上演十周后就在公爵夫人剧院谢幕。

克里斯蒂创作的最后一部舞台剧《造假三人行》甚至没能在伦敦上演。一九七一年《造假五人行》在英语行省短暂试演后，被撤回重写。一九七二年八月删去两个人物更名为《造假三人

[①] 三部独幕剧分别为《午后的海滩》《笼中鼠》和《病人》。

行》的剧本在吉尔福德的伊冯阿尔诺剧院重新上演。经过几个星期的成功巡演后，依旧没能在伦敦找到合适的剧院上演，最终结束了外地的演出行程。

于一九五八年五月在伦敦的河岸大剧院上演的《判决》，是阿加莎尝试创作的不同风格作品之一，虽然在剧中发生了谋杀案，但是并不存在任何神秘之处，谋杀案在众目睽睽下进行。此剧面世一个月之后停演，但是乐观的阿加莎喃喃道："我很高兴至少《泰晤士报》喜欢它。"然后她立即投入另一部舞台剧中，仅仅用了四周的时间就创作完成。这部舞台剧就是《意外来客》，在布里斯托演出一星期后，一九五八年八月在公爵夫人剧院上演，并持续演出长达十八个月。作为阿加莎·克里斯蒂最优秀的戏剧之一，《意外来客》的对话简洁而富有张力，高潮迭起，情节简短，也不会过于复杂。观后好评如潮，如今四十多年过去了，《意外来客》被改编为小说，又焕发出新的活力。

一九七六年，在去世前的几个月，阿加莎同意莱斯利·达鲍改编一九五〇年出版的以马普尔小姐为女主角的小说《谋杀启事》。一九七七年，当《谋杀启事》在阿加莎去世之后登上戏剧舞台时，《金融时报》的评论家预言它将要达到《捕鼠器》那样高的艺术成就。遗憾的是，预言并未成真。

一九八一年，莱斯利·达鲍又将四十五年前阿加莎出版的波洛系列侦探小说《底牌》改编为戏剧。他借鉴了原作者的改编手法，将赫尔克里·波洛的角色从剧中删除。到目前为止，没有人再将阿加莎·克里斯蒂的小说改编为戏剧。随着《黑咖啡》《意外来客》《蜘蛛网》的出版，我开启了将阿加莎·克里斯蒂的戏剧改编为小说的新趋势。

查尔斯·奥斯本

Spider's Web
Copyright © 2000 Agatha Christie Limited. All rights reserved.
© 2013 Letter for Chinese Reader, New Star Edition by Mathew Prichard.
All rights reserved.
www.agathachristie.com
AGATHA CHRISTIE, *Agatha Christie* and the AC Monogram Logo are registered trade marks of Agatha Christie Limited in the UK and elsewhere. All rights reserved.
Published by agreement with ACL.
Simplified Chinese edition copyright: 2022 New Star Press Co., Ltd.

图书在版编目（CIP）数据

蜘蛛网／（英）阿加莎·克里斯蒂著；（英）查尔斯·奥斯本改编；吕兵译．——2版．——北京：新星出版社，2022.12
ISBN 978-7-5133-3803-5

Ⅰ．①蜘… Ⅱ．①阿… ②查… ③吕… Ⅲ．①侦探小说—英国—现代 Ⅳ．① I561.45

中国版本图书馆 CIP 数据核字（2022）第 090206 号

午夜文库
谢刚 主持

蜘蛛网

[英] 阿加莎·克里斯蒂 著；[英] 查尔斯·奥斯本 改编；吕兵 译

责任编辑： 王　欢　　　　**统筹编辑：** 王　欢
责任校对： 刘　义　　　　**责任印制：** 李珊珊
封面插图： 宣　和　　　　**装帧设计：** 周伟伟

出版发行： 新星出版社
出　版　人： 马汝军
社　　址： 北京市西城区车公庄大街丙3号楼　100044
网　　址： www.newstarpress.com
电　　话： 010-88310888
传　　真： 010-65270449
法律顾问： 北京市岳成律师事务所

读者服务： 010-88310811　　service@newstarpress.com
邮购地址： 北京市西城区车公庄大街丙3号楼　100044

印　　刷： 三河市兴达印务有限公司
开　　本： 910mm×1230mm　1/32
印　　张： 5.75
字　　数： 86千字
版　　次： 2022年12月第二版　　2022年12月第一次印刷
书　　号： ISBN 978-7-5133-3803-5
定　　价： 42.00元

版权专有，侵权必究；如有质量问题，请与出版社联系调换。